幸せに暮らしてますので放っておいてください！

マリアベル・シュミル
ことごとく妹に婚約者を奪われ、挙句家から追い出されてしまった伯爵令嬢。皇太子妃候補を集めたお茶会で、謎の子どもに話しかけられる。
ライリー・フレイス
ジファルシシュ国の皇太子で、魔法を使える。どうやらマリアベルを気に入った様子で……？

主な登場人物
ソニア・ノックス
ライリーの側近の一人で、公爵令嬢。秘密の片想いをしている。
フィーゴ・ミノン
ライリーの側近の一人で、ライリーとほとんど同じ姿をしており、影武者を務めている。
テッカ・ドリルベ
ライリーの側近の一人で、公爵令息。マリアベルと一緒に宿屋で働くことになる。
エルベル・シュミル
マリアベルの妹。伯爵令嬢。ふわふわしたかわいい雰囲気の令嬢だが、姉に対しての執着が強く、姉のものをすべて奪っている。
ビークス・ホールズ
伯爵令息。マリアベルと婚約していたが、エルベルを選び、マリアベルを裏切る。

Contents

幸せに暮らしてますので放っておいてください！

風見ゆうみ

イラスト
CONACO

1章　伯爵令嬢と皇太子

私、マリアベル・シュミルは、今年、18歳になる伯爵令嬢だ。

軽いウェーブのかかったダークブルーの長い髪に、同じ色の瞳。

長身の痩せ型で、顔立ちは美人と評判だった亡き母に似ていると言われるので、そう悪くないはずだと勝手に思っている。

けれど、普段は私の妹、エルベルの方が目立っているため、社交の場で私が注目されることはほぼない。

2つ年下のエルベルも顔立ちはお母様似で美人な上に、小柄だけれどスタイルが良く、お父様譲りの金色のふわふわの長い髪にライトブルーの瞳。

男性だけではなく、女性まで虜にしてしまう微笑みや潤んだ瞳のせいで、私は何度も彼女に嫌な思いをさせられていた。

嫌な思いというのは、私とエルベルが一緒にいる時に、エルベルがした悪いことが、なぜか私のせいにされるということだ。

例えば、お茶会でエルベルが左隣に座っていた令嬢に紅茶をこぼしたとすると、なぜか、右隣に座っている私がこぼしたことになる。

こういう理不尽が何度も起こり、最近はエルベルと一緒にお茶会に行くのはやめた。

それだけでなく、現在、私には婚約者がいるのだけれど、実は3人目だったりする。

一人目の婚約者はエルベルに恋をした。

2人目の婚約者も同じく、エルベルに恋をした。

2人共、私との婚約を解消し、エルベルに婚約してほしいと求めた。

けれどエルベルは、お姉様に申し訳ないからという理由で、2人からの婚約の申込みを断った。

私と婚約解消した2人は「なんて優しい人なんだ」と言って、彼女との婚約は諦めたけれど、いまだにエルベルに恋文を送っているみたいだった。

お父様は婚約解消されてばかりの私に問題があると考えて、2人目との婚約が解消されてから、私に辛く当たるようになった。

きっとエルベルが、お父様に嘘の情報を吹き込んだのだと思う。

私の住んでいる帝国、ジファルシシュには、少数だけど魔法が使える人間がいる。

どんな魔法が使えるかは人によって違う。

私は今のところ魔力持ちではないようで、魔法が使える兆候はない。

エルベル自身は、魅了魔法を使えるという自覚はないようだけど、ここまで周りに無条件で愛されているとなると、魅了魔法だとしか言いようがないと私は思い始めている。

そんな彼女の魅力に惑わされない人間も少しはいる。

その一人が私であるし、亡くなった母もそうだった。

そして、私の３人目の婚約者もそうらしく、「エルベル嬢も可愛いと思うけれど、僕はマリアベルの方が可愛いと思うよ」と言ってくれ、私との婚約関係を続けてくれている。

エルベルではなく、私のことを好きだと言ってくれる男性に出会ったのは初めてだった。

自分で言うのも悲しくなるけれど、エルベルに魅力は感じないけど、私にも魅力を感じないという男性も多かったから。

このまま、３人目の婚約者であるビークスと結婚するのだと思っていた。

そんなある日、皇太子妃となる人を探すため、各国の未婚の貴族令嬢を順番に宮殿に招待するという通達が来た。

そして、それから約20日後、私とエルベルの元にも、その招待状が届いたのだった。

婚約者がいる私まで、どうして招待されるのか、と疑問に思ったけれど、婚約者がいようが

いまいが関係なく招待しているようだった。

皇太子殿下が私に興味を持つはずがないし、もし、シュミル家から選ばれるならば、エルベルしかいない。

それに、私には婚約者がいるんだから、目立たないようにするのが一番。私はそう思っていた。

私とエルベルは、招待状と一緒に送られてきた、指定の日時に宮殿へと転移できる魔道具を使って、皇太子殿下の元へ向かった。

教えてもらって知ったのだけれど、私達が案内された場所は宮殿ではなく、離宮の中庭の一角だった。

離宮の中庭は、私の家とは比べ物にならないくらい広く、宮殿の庭園と言われても信じてしまうほどに立派だった。


開けた場所に10卓ほどのティーテーブルが用意されていて、そこでお茶を飲みながら皇太子殿下と歓談し、気に入られれば皇太子妃になれるという、シンプルかつ、それで大丈夫なのか心配になるシステムだった。

私達の前に現れた皇太子殿下、ライリー・フレイス様は黒の軍服姿で、シルバーブロンドの短髪にダークブラウンの瞳を持つ、長身瘦軀（そうく）で眉目秀麗（びもくしゅうれい）な男性だった。

年齢は今年で20歳になる。

あまりにも整った顔立ちなので、直視したら目が潰れてしまいそうな気がしたのと、いくら命令とはいえ、婚約者以外の男性に媚びたくはなかったので、私は、少し離れたところで傍観することにした。

それに、私がお相手せずとも、彼の周りには女性が群がっていた。

群がっている女性の中には、もちろんエルベルもいた。

椅子に座ってお茶を飲みながら、女性達を見ていると、突然、声をかけられた。

「そこの令嬢」

声の方向に振り向くと、皇太子殿下と同じ髪色で同じ色の瞳を持つ、5、6歳くらいの少年が立っていた。

「ごきげんよう。どうかされましたか？」

笑顔で尋ねると、成長すればさぞ美少年になるだろう、と思わせる整った顔立ちの少年は、切れ長の目を私に向けて問いかけてくる。

「皇太子妃に興味はないのか？」

「……そうですね。興味がないというより、私には婚約者がおりますので、あまり近づかないようにしているだけです。もちろん皇太子殿下は魅力的な方だとは思いますが」

「そうか。婚約者のことを思っての行動なのだな。でも、あの中にだって婚約者のいる奴らがいるだろう。そうなると、彼女達は不誠実なのか？」

少年は皇太子殿下に群がっている女性達を見て首を傾げた。

どうしてここに子供がいるのかしらと疑問に思いつつも、こんなに堂々として私に話しかけているのに、兵士も皇太子殿下の側近らしき方も、皇太子殿下さえも気にした素振りを見せないので、目の前の少年は皇太子殿下の関係者なんだろうと判断した。

なら、お相手しないと失礼だわ。

「あの、不誠実とは言えないと思います。そのためにここに招待されたのですから。どちらかといいますと、私の方が皇太子殿下に対して不敬にあたるのかもしれません」

「どうしてだ？」

「皇太子殿下にご招待いただいたのに、ご挨拶しかしておりませんもの」

自由に歓談する時間の前に、一人ひとりが皇太子殿下に挨拶する時間が設けられたので、その時に挨拶はしたから、帰る時にもう一度挨拶をすれば、失礼な態度を取ったことにはならないはずだと考えていた。

ただ、あまりにも興味がない態度を見せているのも失礼な気がしてきた。

「別にそれは判断基準にならないし、不敬罪にもならないから安心しろ」

「ありがとうございます。あの、失礼ですが、お名前を聞かせていただいてもよろしいですか？」

「俺の名前はライリーだ」

「……」

本当にそうなのかと聞き返したくなったけれど、やめておいた。

ライリーというのは皇太子殿下の名前と同じだから、殿下よりも年下の子供に、貴族が同じ名前をつけるとは思えない。

まさか、それを気にしないくらいの家柄の人なの？

「マリアベル・シュミルと申します。よろしくお願いいたします」

「俺とちゃんと会話をしてくれた令嬢は君が初めてだ。だから、君に婚約者がいるのは残念だな」

遅くなってしまったけれど挨拶をした私に、ライリー様は言葉通りに残念そうな顔をして言った。

もしかしたら、皇太子殿下に憧れていて、彼の名前を名乗っているだけかもしれない。

子供ってそんなものよね？

そう思うと微笑ましく感じて、私の向かいの席に座った彼と、顔合わせの時間が終わるまで和(なご)やかに話をすることにしたのだった。

「マリアベル、今日は楽しかった。ありがとうな」

帰り際、ライリー様はそう言って、私に白い封筒と便箋(びんせん)を差し出してきた。

「ありえないだろうけど、万が一、婚約を解消した時には知らせてくれ。これに手紙を書いて中に入れ、封筒を閉じれば、勝手に俺のところに届くようになっているから」

「仰る通り、ありえないと思いますが、受け取っておきますね。今日はありがとうございました」

「ああ。幸せにな！」

ライリー様から受け取った封筒と便箋を持っていたポーチに入れ、別れを告げてから魔道具を使って家まで転移した。

「お姉様ったら、信じられないわ」

エントランスホールに入るなり、先に帰っていたエルベルが近づいてきて、今にも、ぷんぷん言い出しそうなくらいに頬を膨(ふく)らませて言った。

「皇太子殿下に見向きもしないで、どこかの小さな子供と話をしていただけじゃない。何をしに行ったのか分からないわ！」

「呼ばれたから行っただけだもの。ところで、エルベルは皇太子殿下とはどうだったの？」

「どうもこうもないわ。皇太子殿下はきっと、私を選んでくださると思うわ」

「すごい自信ね。でも、エルベルならありえるかもしれないわね」

「お姉様は悔しくないの？」

エルベルは可愛らしい顔を歪めて聞いてきた。

「悔しいって、何が？」

「皇太子殿下が私を選ぶことよ」

「悔しくなんかないわ。いつものことだから」

「そうよね。お姉様は私に敵うはずないものね。気持ちは分かるけれど、だからといって最初から諦めるのは良くないと思うの。今回の件もお父様に伝えておいたから」

「……何を伝えたの？」

「お姉様はどこかの子供と話をしてばかりで、皇太子殿下とはほとんど話をしていなかったって。だから、皇太子殿下に失礼だったって言っておいたわ」

エルベルは胸の前で腕を組んで、えっへん、と言わんばかりに誇らしげな顔をした。

事実とは違うので、すぐに反論する。

「皇太子殿下からお願いされたのよ。あなただって見ていたでしょう？」

ライリー様と話をしている時に、皇太子殿下が私達のところにいらっしゃった。

その時に皇太子殿下が「自分のことはいいから、申し訳ないがその子を頼む」と仰ったのだから、失礼にあたることはしていない。

それなのに……！

「マリアベル！」

叱責するような声が聞こえて振り返ると、茶色の大きなトランクケースを持った執事と共に、お父様がエントランスホールに現れた。

「話は聞いた。お前のような厄介者はこの家にはいらん！　荷物をまとめておいてやったから、これを持って今すぐ出ていけ！」

「ど、どういうことですか!?」

「そのままの意味だ！　皇太子殿下に失礼な真似をするなんて！」

「待ってください、お父様！」

「お嬢様、残念です」

執事は首を横に振った後、私にトランクケースを差し出してきた。

「お元気で……」

「ちょっ、ちょっと待って！　意味が分からないわ！」

「意味が分からないと言うなら、はっきり言ってやろう。お前はもう私の娘ではない！　二度とこの家に帰ってくるな！」

お父様はそう叫ぶと、近くにいた騎士に、私を屋敷の敷地内から追い出すように命令した。

執事も騎士達もエルベルの魅了魔法に落ちてしまっている人達だから、私がどんなに話を聞いてほしいと頼んでも意味はなかった。

パーティー用のドレスのまま追い出された私は、持っていたポーチとトランクケースを持って、助けを求めるために、婚約者であるビークスの家であるホールズ伯爵家を訪ねることにした。

ポーチの中に現金を入れていたので、辻馬車くらいのお金はなんとかなりそうだった。

家を追い出されてしまったのなら、ビークスとの婚約は自然と解消になるのかもしれないけれど、彼がそれを嫌がってくれたら、また違う展開になるかもしれない、と思った。

でも、そんな考えは甘かった、と私は思い知らされることになる。

ビークスは屋敷の外で話をしたがったので、玄関のポーチで、家から追い出されてしまったという話をした。すると、くせの強い赤色の髪を持つビークスは、青色の綺麗な瞳を私に向けて言った。

「ちょっと待ってくれ」

彼は一度、屋敷内に戻ったかと思うと、すぐに戻ってきて、私の手に現金を握らせた。

「悪いけど、今まで君のことを好きだと言っていたのは嘘だ。エルベルからそう言えとお願いされていたんだ。僕の言うことを本当だと信じて幸せそうにしている君は本当に滑稽だったよ。もちろん、多少の罪悪感はあったけど」

「ビークス……？」

呆然としている私に、ビークスは続ける。

「楽しませてくれたお礼に、僕から婚約破棄してあげるよ。で、そのお金は慰謝料だよ。僕はエルベルと幸せになるから。さよなら、マリアベル」

そう言った後、ビークスは近くにいた騎士に命令する。

「お客様のお帰りだ」

私達の話している声が聞こえていたようで、その場にいる2人の騎士は気まずそうな顔をして動かない。すると、ビークスが叫ぶ。

「早くしろ！」

騎士達はビークスの命令に逆らえず、私の腕を取ると、力なく歩く私を門の外まで送り出してくれた。

婚約破棄されたこともそうだけれど、ビークスさえもがエルベルの虜だったことにショックを受けた。

信じていた私が馬鹿だったのかもしれない。

騙された私が馬鹿だったのかもしれない。

握らされたお金を投げ捨てたくなったけれど、このお金は必要なものだと思い直して立ち止まり、トランクケースの中にお金をしまうことにした。すると、先程、私を送り出してくれた騎士の一人が走ってきて、私に四角に折りたたまれた白い紙を差し出してきた。

「あんな話を聞いたら放っておけなくて。これ、うちの親がやってる宿屋です。で、そのメモ、俺の親に見せてください。きっと力になってくれると思います」

そう言うと、男性は慌てて屋敷の方に戻っていく。

メモを見ると、宿屋の名前と住所、そして、走り書きで『この人、すごく可哀想だから話を聞いてあげて』と、自分の両親にあてたメッセージが書かれていた。

全然知らない人だけれど、貴族に雇われている騎士だし、私にはもうこのメモを頼る以外に選択肢がなかった。

修道院という手もあるのかもしれないけれど、残念ながらこの近くにはなく、何日も馬車を乗り継いでいかないといけない上に、それなりのお金を渡さなければいけない。

エルベルと一緒に買い物に行った時に、なぜか私だけ置き去りにされたことがあったので、念のためにとポーチに現金を入れていたけれど、修道院に渡さないといけない金額には到底足りない。

藁にもすがる思いでメモに書いてある宿屋に向かうと、茶色の長い髪を後ろで一つにまとめた、背が高くてぽっちゃりとした温和そうな女性が応対してくれた。

騎士から渡されたメモを渡すと、自分が彼の母親だと教えてくれた。

白い肌がとても綺麗で、パッチリした目がチャーミングな宿屋の奥様は、普段、自分がやっているという受付の仕事を旦那様に任せ、奥の部屋で私の話を聞いてくれた。

話を聞いてくれた奥様は途中から号泣し始めてしまった。

「酷い！　酷いわ！　実の娘になんて仕打ちを！　そんな家族、こっちから捨ててやったらいいのよ！」

「聞いていただき、ありがとうございます。もう戻る気もありません。ただ、これからどうしたらいいのか分からなくて……」

「それはそうよ。悩んで当たり前だわ。えーと、お名前はなんだったかしらね？」

　身の上話をしたというのに、自分の名前を伝えていなかったことを思い出して、座っていた椅子から立ち上がり、カーテシーをする。

「マリアベルと申します。初めてお会いしたにもかかわらず、親身に話を聞いていただき、とても感謝しています」

「綺麗なお辞儀ね。って、貴族なんだから当たり前か。顔も可愛いし、受付嬢にいいかもしれないわ！」

　奥様の名前はセイラさんで、セイラと呼んでくれと言われ、さすがに呼び捨てにすることはできず、セイラさんとお呼びすることにした。

　そんなセイラさんは、ハンカチで涙を拭(ふ)いてから続ける。

「あなたはもう平民なんでしょ？　良かったらうちで働かない？　お給料も払うし、寝る場所と食事は提供してあげられるから」

「いいんですか!?」

「もちろん！　さっきまでの話を聞いて、助けられるのに助けてあげない方がおかしいでしょう！」

　セイラさんは豊満な胸を揺らし、両拳を握りしめて続ける。

「マリアベル様には平民の生活は辛いかもしれないけれど、うちで働いてくれたら、あたし達だってサポートできるし、一人ぼっちで平民の暮らしに放り出されるよりいいと思うのよ！」

「……本当に、お言葉に甘えてしまってもいいんでしょうか？」

さっき、人に騙されたと分かったばかりなのに、まだ会って間もない人を信じてよいのかしら。

それに、見ず知らずの私をそんなに簡単に雇おうだなんて思える理由も分からなかった。

不思議に思った私は、笑顔で私を見つめているセイラさんに聞いてみる。

「私が嘘をついてるかもしれませんよ？」

「悪い人か良い人かなんて、長年、人の顔を見ていれば分かってくるものよ。それに、あなたの着ている服、平民では買えなさそう。そんな人がトランクケースを持って平民しか泊まらない宿屋に来るんだから、それだけでも何かあったと思うわよ。悪いことをして逃げているわけじゃないなら、助けたいと思うのが普通でしょ」

「……ありがとうございます」

「ああ、泣かないでよ！　あたしまでまた泣いちゃうわよ！」

セイラさんはそう言うと、大きな声を上げて泣いてくれた。

そのせいか、声を上げて泣くなんて、今まではしたないと思っていたけれど、張り詰めていた糸がぷつんと切れたようで、私も声を上げて泣いた。

しばらくして2人共が泣き止むと、セイラさんの化粧が落ちて大変なことになっていたので、化粧を落としてくると言って席を外された。

私は待っている間に、ペンをお借りして、ポーチに入っていた手紙と便箋を取り出し、ライリー様に手紙を書くことにした。

ほんの数時間前まで、婚約解消なんてありえないって話をしていたのにね。


『ごきげんよう、ライリー様。早速ですが、婚約解消ではなく婚約破棄されてしまいましたので、お約束通りお知らせいたします。余計なお世話かもしれませんが、ライリー様の婚約者になる方、もしくは婚約者の方が素敵な方でありますように。お元気で。マリアベルより』


私みたいに変な婚約者に引っかからないでくださいね。

という願いを込めて封筒を閉じると、その瞬間に手紙は消えてなくなった。

手紙が勝手に瞬間移動したみたいだった。

こんな魔法が使えるなんて、ライリー様はもしかして、すごい魔法使いの息子さんなのかしら？

魔法なら大丈夫だと思うけれど、無事にライリー様の元に届きますように。

そう願っていると、セイラさんが戻ってきて、私がこれから住むことになる部屋に案内してくれた。

＊＊＊＊＊

「殿下！　もう無理です！　女性が苦手な僕に女性の相手をさせるのはやめてくださいよ！」

宮殿内の一室で、先程まで皇太子のふりをしていた男が文句を言うと、ソファーに座り、足を伸ばしていた白シャツ、黒のズボンというラフな格好の少年、ライリーが答える。

「皇太子妃になる相手なんだから、客観的に見て判断した方がいいだろ」

「それはそうかもしれませんが、子供になる必要がありますか!?」

「子供相手だと、油断して口を滑らせることが多いんだよ」

「その割に殿下が話した女性って、今日でやっと一人目じゃないですか！」

「そうなんだよな。婚約者がいたのが残念だった。魔力も多い方だし、何より心地良い魔力だったのに」

「そう感じるということは、相性が良いんでしょうね」

ライリーの影武者であるフィーゴは、大きなため息を吐いて尋ねる。

「いつまで続くんでしょうか、これ」

「これって言うな」

呆れた顔をしていたライリーだったが、突然、子供の姿から、フィーゴによく似た大人の姿になった。

その瞬間、彼の太腿の上に白い封筒が現れた。

「嘘だろ」

「殿下！　危険なものかもしれません！」

「大丈夫だ。これは俺が渡したものだから」

警戒するフィーゴを落ち着かせた後、ライリーはフィーゴに手紙の封を切らせて手紙の内容を確認する。

「……運命の相手なんて信じていなかったが、もしかして？　というやつだな」

手紙を読み終えたライリーはそう呟き、フィーゴに手紙を渡す。

「……そうとしか思えませんねぇ」

手紙を受け取ったフィーゴは読み終えた後にそう呟くと、ライリーに一礼してから部屋を出ていき、ライリーの側近達が控えている部屋に入って叫んだ。

「皇帝陛下と皇后陛下に報告を！　それから、各国の首脳を緊急招集してくれ。皇太子妃が決まった！」

＊＊＊＊＊

その日の夜、セイラさんがご主人にも話をしてくれて、私は正式に宿屋の受付嬢として働けることになった。

お世話になるお礼に、今、着ているドレスを売って、ちゃんと働けるようになるまでの宿代をお支払いしようと思った。けれど、セイラさん達からは、それなら動きやすい服や、自分の生活用品を買うようにと言われてしまった。

ビークスからもらった慰謝料は、平民が行く服屋さんでなら、何着も服が買える金額だったこともあり、ドレスは売らずに保管しておいて、いざという時に売ることに決めた。

もしかしたら、お父様が追い出すまでしなくてもよかったかもなんて思い直してくれて、私を探してくれているかも、なんて甘いことも思ったけれど、そんな感じは全くなさそうだった。

宿の仕事が一段落ついたセイラさん達と遅い夕食をとっていると、ここを紹介してくれた騎士が仕事から帰ってきて、私の顔を見るとホッとした顔になって言った。

「良かった。貴族のお嬢様って地図が苦手な人が多いから、道に迷って悪い奴に襲われていたらどうしようって思ってたんだ」

セイラさんとご主人のワングさんの一人息子であるロバートさんは、普段はビークスの家の日勤の騎士をしていて、仕事が終わると宿屋の裏にある家に帰ってくるらしい。

元々、騎士になるきっかけは、宿屋の用心棒になるためだったのだそう。

昼間は人が多いから安全だけれど、夜になると酔っ払いが増えて、家族やお客さんに絡む人が出てくる。そうなった時にすぐ対処できるようにと思って鍛えた結果、騎士になるほどにまで腕を上げたというのだからすごいと思う。

セイラさん曰く、性格も良く、騎士になるほどの実力者ということで、女性に人気の高いロバートさんだけれど、実は片思い中らしい。

今度、ロバートさんが休みの日にその彼女を紹介してくれるそうなので、恩返しになるかわからないけれど、その女性と仲良くなりたいと思った。

彼女の迷惑にならない程度に、ロバートさんとの仲を取り持てたらいいな、とベッドで横になりながら考えていたら、知らぬ間に眠りについてしまっていた。


次の日の昼、生活に必要なものをセイラさんと一緒に買いに出かけた。

トランクケースを渡されたのはいいものの、中に入っていたのは、亡くなったお母様の写真と私が愛用している枕、それからエルベルが読まない財務に関する本だけだった。

エルベルに読まれる可能性があるため、日記などは書いていなかったし、私が気に入ったドレスはエルベルも気に入るものだから、すでにそんなものは彼女のものになっていた。だから、持ってきたかった服も特になかった。

使っていた枕とお母様の写真が入っていたのは、執事達の優しさなのかもしれない。

化粧品や下着、動きやすい服、履きやすい靴などを買い揃(そろ)えていったら、ビークスからもらったお金はほとんどなくなってしまった。

あ、忘れていたわ。

トランクケースの中に、お父様からの手紙とお金も少しだけ入っていた。

手紙の内容は「この金で遠くへ行け。二度と顔を見せるな」と書かれていて、他国に渡れるくらいのお金が入ってはいたけれど、他国に渡ってからの生活のことは考えてくれていないみたいだった。

もっと早くこのお金に気づいていていたら、私は修道院に行っていたかもしれないと思うと、この宿の人達と私は、縁があったのかもしれない。

そういえば、お父様の様子が最近、特におかしくなってしまったのは、エルベルの魅了が強くなっているということかしら?

でもライリー様は、エルベルが近寄っても、特に魅了にかけられた様子はなかった。

ライリー様も魅了魔法に耐性があるのかしら? それとも子供だから効かなかったのかしら。

ライリー様、手紙を読んでびっくりしたでしょうね。

手紙の返事がほしい気もするけれど、ライリー様が返事を送ってくれるとすれば、私の実家になるはずだから、私の手元には一生届かないわね。

買い物を終えた馬車の中で、そう思うと、少しだけ寂しく感じた。

＊＊＊＊＊

その頃シュミル家では、マリアベルとエルベルの父・ゴウクと、執事、ゴウクの2人の側近が執務室に集まって頭を抱えていた。

「もしかして、エルベル様と間違えておられるのではないでしょうか?」

「名前を間違えたということか?」

側近の言葉にゴウクが聞き返す。

ゴウクの手には皇帝からの書簡が握られており、その書簡には「我が息子ライリーがそなたの娘のマリアベルを妻にしたいと申している」と書かれていたのだ。

皇帝からの書簡が来た時は、エルベルが皇太子妃に選ばれたと喜んだゴウクだったが、中身を確認して焦った。

なぜなら、マリアベルは自分が追い出してしまい、今、どこにいるのか分からない。

「そうに決まっています！　エルベル様に聞いたところ、マリアベル様は皇太子殿下とお話をされていないのです。それなのに、皇太子妃に選ばれるなんてことはありえません！」

側近の一人が叫ぶと、ゴウクも頷く。

「そうだな。そうだよな。では、どうすればいい？　皇太子殿下が気に入られた相手はマリアベルではなくエルベルですと返事を返せばいいのか？」

「そ、それは……、また違うような気がします」

エルベルの魅了魔法に抵抗できない彼らには、マリアベルが選ばれるという選択肢は全く思い浮かばなかった。

4人で考えた結果、とりあえず皇帝に返事は返さないといけない、という結論に達し、何とか絞り出した話を手紙に書いて、皇帝宛に送った。

そして、その返事を見た皇帝があまりの内容に怒りを通り越して呆れ返ってしまい、ライリーに丸投げすることになるのだが、そのことを、この時の4人は知る由もなかった。

＊＊＊＊＊

宿屋の仕事というのは、色々とやらなければいけないことが多いのだと、働き始めたその日に実感した。

というのも、この宿屋には食堂があり、宿に泊まったお客さんに、朝食と夕食を出すサービスをしていた。

食事は私も同じものを食べるのだけれど、お客さんに対してセルフサービスではなく、セイラさん達が配膳しているのを見て、入り口に置いてある看板の、朝の営業時間に目を向ける。

朝早く旅立つ人がいるからか早朝の5時から開いていて、その時間よりも前にセイラさん達は起きて準備をしていると聞いた。

お客様がやってきたら受付をして、用意ができている部屋番号を伝えて鍵を渡す。

その後はお客様のチェックアウトまで何もしないのかと思っていた。でも、実際はそんなことはなかった。お客様が帰ったら部屋の掃除をしたりしないといけないし、その他にもやらないといけないことはあるので、何かできることを増やしていって、セイラさん達の役に立ちたいと思った。

「料理は口に合うかい？」

セイラさんのような温かい雰囲気を持つ、白髪のぽっちゃりしたコック服姿のお爺さんが私の席までやってきて尋ねてきたので、笑顔で答える。

「おはようございます。とても美味しいです」

屋敷で食べていた朝食よりも質素だし、パンも柔らかさは足りないけれど、なぜだかここで食べる食事の方が私には美味しく感じた。

「おはよう。口に合ったなら良かったよ」

そう言って、満足したのか、お爺さんは去っていった。

後から来たロバートさんに聞くと、私に話しかけてきた人は彼のお祖父さんで、セイラさんの実のお父さんなんだそう。

一生懸命働いている娘夫婦を助けるために、調理師免許を持っているお祖父さんが料理を作っているとのことだった。

その話を聞いてここの宿の人達は、とても温かい心の持ち主ばかりなのだと実感した。

朝食を食べ終えたら、早速、宿での受付嬢の仕事を開始した。

1日目なので、セイラさんが横に立って色々と指導してくれ、厄介そうな常連のお客さんの時は交代して、どんな対応をしたらいいのかなどを勉強させてもらった。

宿屋を利用するのは旅の商人が多く、社交的な人が多くて助かった。

まごまごしている私に苛つく様子も見せないのは、その人の性格もあるのかもしれないけれど、基本は商売人で、表情や態度に出さないからだと思われた。

宿屋はこの辺ではここしかないからか、たくさんの人を受け入れられるように、3階建ての大きな木造のお屋敷になっている。1階はフロントと食堂と厨房、従業員の休憩室などがあり、2階と3階が客室になっており、それぞれの階に16部屋ずつあるんだそう。

満室になったことは今までにないらしいけれど、少なくとも毎日、半分くらいは埋まるらしいから、暇な日はないと聞いた。

いつか、この宿が満室になる日が来たら嬉しいけれど、無理かしら?

最初はぎこちなかったけれど、何度か同じように仕事をこなしていくうちに、なんとなく流れを把握できて、私は、そんなことを考えた。

「なんとか覚えられそうね」

「今はただ受付をしているだけですので。それにイレギュラーなことには、まだ対応できないと思います」

お客さんが途切れた時にセイラさんに話しかけられて笑顔で頷くと、セイラさんは私に新聞を差し出してきた。

「皇太子妃が決まったみたいよ。といっても、皇太子妃になる方と連絡がとれなくて困っているみたい。許可なく名前を公表できないから、大々的に探せないようね」

「公表したのはいいけれど、本人に断られたら大変ですものね」

実際、断れる人なんていないでしょうけれど……。

それにしても、これは今日の朝の新聞だから、皇太子妃が決まったのは昨日ってことよね？　連絡がとれないということは、エルベルではないわよね。

「まさかね」

私が皇太子妃に選ばれるなんてことはありえない。

だって、エルベルの魅了は年々強くなってるみたいだから、あの日のメンバーの中から選ばれるなら、エルベルしかいない。

何より私は、ライリー様としかお話をしていないから、興味を持たれるわけがないんだもの。

＊＊＊＊＊

皇帝である父から「お前の意中の女性は、お前と結婚するのが嫌で逃げたらしい」と言われ、渡された書簡を執務室に帰ってから目を通すと、まさしく、その通りのことが書かれていた。

『誠にありがたい申し出ではありますが、マリアベルは皇太子妃になりたくないと泣きながら家出してしまいました。現在、探しているところですが、賊に襲われ、もうこの世にはいない可能性があります。よろしければ、妹のエルベルはいかがでしょうか。昨日、皇太子殿下とお話させていただいたのはエルベルでございます。ぜひ、エルベルを皇太子妃にお願いいたします』

「なんで俺の嫁をこの男に決められないといけないんだ」

「我々が調べないとでも思ってるんですかね」

ため息を吐いたライリーに、後から書簡を読んだフィーゴが呆れた顔になって言った。

「俺とマリアベルがやり取りをしたことを知らないから言えるんだろうが、皇帝に嘘をついた上に、妹を妃にと薦(すす)めてくるんだから、大した根性だ」

ライリーが話し終えると同時に、執務室の扉が叩かれた。ライリーの許可を得て入ってきたのは、飾り気のない白いブラウスに、黒色のフレアスカートを着た女性だった。長い黒髪をポニーテールにした、公爵令嬢であるソニア・ノックスは、ライリーの側近の一人である。

彼女は、ライリーに向かって一礼した後、整った顔を歪めて報告する。

「調べてみたところ、マリアベル様は先日、離宮から帰られてすぐに家を追い出されたようです」

「なんで追い出されたんだ？」

「フィーゴとではなく、本物の皇太子殿下と話をしていたからという理由だそうです」

「意味が分からん。そんなことでなんで追い出すんだ」

「子供と話をしているようにしか思えなかったのが気に食わなかったのかもしれません。昔から、シュミル伯爵はエルベル様に甘いようですので、それも原因かもしれませんが」

ライリーの言葉にソニアが答えると、フィーゴが反応する。

「魅了か……」

フィーゴはライリーの側近でもあり、先日のような影武者でもある。

彼が影武者に抜擢された理由は、見た目が似ているからだけではない。彼自身も魅了魔法が使えるだけでなく、相手からの魅了魔法にも耐性があるためだ。

「とにかく、マリアベルが今、どうなっているか調べてくれ。俺の探知の魔法で調べられるほど、マリアベルと長く接したわけじゃないから、追えそうにない」

「承知しました。元婚約者宅に行かれたことまでは確認できていますので、元婚約者に確認をとります」

「婚約者のところへ助けを求めに行って、婚約破棄を告げられたというところか。酷いことをする奴だな」

「聞き取りついでに殴ってもいいですか？」

「体術を嗜んでいるとはいえ、お前は公爵令嬢なんだからやめておけ。それよりもマリアベルを探してくれ。婚約者に断られた後、手紙を送ってこれるくらいだから、安全な場所を確保できたんだろう」

不安げな表情を見せるライリーにソニアが言う。

「早急にマリアベル様の居場所をお調べいたします」

「頼んだ」

首を縦に振ったソニアが颯爽と部屋を出ていくと、フィーゴがライリーに尋ねる。

「これからどうされるおつもりで？」

「仕事のノルマを終えたら、シュミル伯爵家に行く。色々と聞きたいことがあるからな」

「明日は来客がありますので、2日後の朝に伺うと連絡をしておきます」

「シュミル伯爵には、お望みの子供の姿で会いに行ってやろうと思うんだが、どう思う？」

「性格が悪いと思います」

小さな頃からのつき合いであるフィーゴは、ライリーに遠慮なく答えたが、すぐに笑顔になって言葉を続ける。

「でも、僕も個人的には、殿下に子供の姿で行っていただきたいですね」

「だろう？　どんな反応をするのか楽しみだ」

ライリーはにやりと笑った後、これから別の意味で忙しくなりそうだと、止めていた仕事を再開した。

＊＊＊＊＊

働き始めて数日後、接客に慣れてきた私を訪ねてきた人がいた。

「はじめまして！　役場に勤めているティルと申します。本日はマリアベル様にお聞きしたいことがあって参りました」

「はじめまして、マリアベルです。この宿屋でお世話になっています。よろしくお願いいたします」

「こちらこそ、よろしくお願いいたします！」

頭を下げると、セーラさんが私の耳元で囁く。

「彼女がロバートの好きな子よ」

ロバートさんが思いを寄せている相手、ティルさんは、小顔で目がパッチリしていて、とても可愛らしい見た目をしていた。

女性の私から見ても、とても人気のある方なのだろうと納得できるくらいに人を惹きつけるオーラがあった。

ティルさんの場合は、彼女自身の魅力であって、エルベルのような魅了によるものとは違う感じがする。

なぜそう思うかというと、エルベルは私には普通の可愛らしい令嬢にしか見えないのに、魅了にかかってしまった人に聞いてみると、エルベルは天使のように美しくて神々しいというのだから、現実との差がありすぎている。

もちろん、本当の姿を見ようとしても見ることができないのが魅了魔法だから、その人を責める気はないんだけどね。

ただ、ティルさんの場合は、私が受けた印象と他の人から見た印象に、そう大した差はないから、魅了魔法ではないことが分かった。

せっかくティルさんが来てくれたのに、今日はロバートさんは出勤しているから、この場にはいない。

今はティータイムを過ぎた時刻なので、ロバートさんが帰ってくるまで、彼女を引き止めることはできないし、話を進めることにする。

「ティルさんにお会いできて本当に嬉しいです。ところで、私に聞きたいこととは何でしょうか？」

「お仕事中に申し訳ございません。実は人を探していまして、その方のお名前がマリアベルさんという名前でしたので、ご本人かどうか確認したかったんです」

「人を探している？」

嫌な予感というか、不安な気持ちになって聞いてみると、私よりも背の低いティルさんは、上目遣いで申し訳なさそうな顔をして尋ねてくる。

「マリアベル・シュミル様という方を探しているのですが、マリアベル様のことじゃないですよね？」

「……」

たぶん、いや、絶対、私のことなんだと思う。だけど、そうだと答えたら私はどうなるの？

皇太子殿下が探しているというのなら、嘘をつくわけにはいかないけれど、先日の新聞で皇太子殿下は、載せようと思えば載せられたのに、名前を公表しなかった。

それなのに、今回は役場を通して探している。

ということは、私を探している相手は、公にするのを控えてくれた皇太子殿下ではない可能性が高い。

もし、私を探している相手がお父様達だったら？　今更、あの家に戻るのは絶対に嫌よ。

「あの、お聞きしたいんですけれど、マリアベル・シュミルという人物を探しているのは誰なんですか？」

「マリアベル様の婚約者であるホールズ伯爵令息です」

「婚約者？」

知らないふりをしないといけなかったのに、ビークスのことを思い出して、不快な声を出してしまった時だった。

「失礼ですが、マリアベル様ですね？」

黒の軍服を着たポニーテールの美少女が宿の入り口から入ってきて、カウンターにいる私を見て尋ねたのだった。

＊＊＊＊＊

マリアベルの元にティルがやって来た時、ビークスはシュミル邸を訪れていた。

「マリアベルはまだ見つからないのか⁉」

「申し訳ございません！」

ゴウクに叱責され、ビークスは大きな声を出して謝罪の言葉を述べ、頭を下げた。


あの日、マリアベルとの婚約を破棄したビークスは、すぐにエルベルとの婚約を結ぼうとしたのだが、上手くいかず保留にされていた。

先程「マリアベルを連れ戻すことができたら、エルベルとの婚約を認めてもよい」と言われたため、慌ててマリアベルを探すことにした。

といっても、どう探せばいいのか分からなかった彼は、まずは屋敷に戻り、近くの宿屋の息子が騎士の中にいるので、伯爵令嬢が泊まらなかったかと尋ねてみた。しかし、伯爵令嬢が泊まった記憶はないと言われてしまった。

すぐ見つかると思われたマリアベルだったが、そう上手くいかなかった。辻馬車を当たってみたが、ドレスを来た令嬢を乗せたという人間は誰一人いなかった。

ビークスはなんとか、マリアベルの情報を得ようと思い、人が多く集まる役場を訪れた。

役場の人間達は「婚約者が失踪してしまい、夜も眠れない。何か情報をいただけませんか」と涙ながらに語るビークスに親身になってくれ、マリアベルを探すと約束してくれた。

「早く……早く見つけないと……」

「どうかされたのですか？」

焦った顔で部屋の中をウロウロ歩き回るゴウクにビークスが尋ねると、ゴウクは足を止めて答える。

「来るんだよ！」

「はい？」

「明日、皇太子殿下がマリアベルに会いにこちらへ来られるんだ！」

「マ、マリアベルに会いにですか!?」

「そうだ！　エルベルにした方がいいと助言してやったにもかかわらず、皇太子殿下の答えはこれだ！」

そう言ってゴウクは、ぐしゃぐしゃに丸められた紙をビークスに投げつけた。紙を拾い上げて確認すると、このような内容が書かれていた。

『俺はマリアベルが良いと言っているだろう。家出したというなら連れ戻してこい。俺との結婚がどうしても嫌だというのなら、彼女の口から聞きたい』


「皇太子殿下は、皇太子妃にマリアベルを選ばれたのですか…？」

「そうだ！　お前が婚約破棄などするから！」

「僕は最初からエルベルを愛していたんです！」

「マリアベルを好いている素振りを見せていたじゃないか！」

「あれは、エルベルに頼まれていただけです！」

しばらく、くだらない喧嘩(けんか)を続けた2人だったが、ゴウクが頭を抱えたことによって喧嘩は終わる。

「どうしたらいいんだ……！　明日には皇太子殿下がやって来るというのに……！」

「シュミル伯爵」

「なんだ？」

「エルベルに謝ってもらいましょう。彼女の美しさがあれば、皇太子殿下もお許しくださるはずです」

「……そうか！　そうだな。皇太子殿下もエルベルを目の前にしていないから、こんなことを仰るんだ」

ゴウクを落ち着かせ、話を終えたビークスは、帰る前にエルベルの顔を見ようと思い、彼女の部屋に向かった。

彼女は笑顔で出迎えてくれたが、なぜか、その時のビークスはエルベルに対して、いつも覚えていたような、ときめきを感じなかった。

疲れているのかもしれないと考え、彼女とは二言三言だけ言葉をかわし、ビークスはシュミル家をあとにしたのだった。

＊＊＊＊＊

ティルさんの前では「そうです」と頷くわけにもいかず困っていると、状況を察してくれたセイラさんが「仕事はいいから話をしておいで」と言ってくれた。そのため、ティルさんにはまた連絡する旨を伝えて帰ってもらい、美少女と共に店の外に出た。

「あの、失礼ですが、どちら様でしょうか」

「失礼いたしました。わたくし、皇太子殿下の命により、マリアベル様をお迎えに上がりました。皇太子殿下の側近の一人、ソニアと申します」

「皇太子殿下が私に何のご用でしょうか？　失礼なことを申し上げますが、皇太子妃の件でしたら、私の妹とお間違えでは？」

「いいえ。マリアベル様で間違いありません。そのことについてご説明したいので、少しお時間をいただけますでしょうか？」

「かまいませんが……」

頷くとソニア様は、魔道具を上着のポケットから取り出し、私に尋ねてくる。

「転移したいのですが、お身体に触れてもよろしいでしょうか？」

「かまいません」

私が頷いたのを確認してから、ソニア様は私の腕に触れた。その瞬間、今まで見えていた景色が一変して、さっきまでの喧騒は一切なくなり、目の前に大きな鉄の門が現れた。

ソニア様が転移した場所は宮殿の門の前だった。すぐ近くにいた兵士に声をかけて中に入れてもらうと、門から宮殿までかなり離れているからか馬車を用意してくれて、馬車で移動することになった。

宮殿の敷地内では、王族や王族の血が流れている人以外は、魔法も魔道具も認められた人しか使えないんだそうで、認められていない人が使うと無効化されてしまうらしい。

というか、どうして私は、こんなところまで連れてこられているのかしら？

きっと、皇太子殿下は私の顔を見て、思っていた人間じゃないとがっかりされるはずだわ。

だって、そうでしょう？　何をどう間違えたら私を選ぶことになるの？

でも間違えたのは皇太子殿下なのだから、私が処罰されることはないわよね？

私の考えていることを読み取ったかのように、向かいに座っているソニア様が微笑む。

「ご心配なく。殿下が探しているのはマリアベル様で間違いありません」

「そ、そうなんですか？」

「ええ、そうです。マリアベル様にお会いできるのを、とても楽しみにしていらっしゃいますよ」

馬車が宮殿前で停まり、ソニア様について宮殿内に入ると、すれ違う全ての人がソニア様と私にお辞儀をしてくれたので、何だか落ち着かなかった。

「殿下、マリアベル様をお連れしました」

ソニア様は広い宮殿内を迷うことなく進み、とある部屋の前で立ち止まると、茶色の大きな扉を叩いた。

すると、声が返ってきたと同時に、中から扉が開けられた。

……のだけれど、開けてくれたのが皇太子殿下だったので、驚いてカーテシーをする。

「皇太子殿下にお目にかかることができ、誠に光栄に存じます」

「あ、僕じゃないです」

……僕じゃない？

皇太子殿下は慌てた顔をして扉を大きく開けると、私に中に入るように促す。

「中にお入りください。殿下はあちらです」

意味が分からないまま、中に足を踏み入れる。通された部屋はどうやら執務室のようで、たくさんの本棚に応接セット、そして入って右奥に執務机があり、そこに皇太子殿下によく似た男性が座っていた。

すると、今まで皇太子殿下だと思っていた人が私に声をかけてくる。

「あちらにおられる方が本物の殿下です」

「ほ、本物の……殿下？」

困惑して聞き返すと、執務机の椅子から立ち上がった男性は、私に笑顔を向けてくる。

「良かった。無事だったんだな。手紙を送ってくれてありがとう」

「て、手紙、ですか？」

「殿下、その姿では分かりにくいのでは？」

「あ、ああ。そういうことか」

皇太子殿下らしき人はソニア様に注意されて頷いたかと思うと、一瞬にして子供の姿に変わった。

その姿は、先日、お話をしたライリー様とそっくりだった。

「ラ、ライリー様は……、皇太子殿下だったんですか!?」

「そういうことだ。諸事情で子供の姿になっていた。俺は姿を変える魔法が得意なんだ」

皇太子殿下は笑顔で頷くと、また大人の姿に戻り、私に近寄ってくる。

「家から追い出された上に、婚約破棄までされたんだろ？　大変だったな」

「そ、それよりも、私は皇太子殿下に対して、なんて失礼なことを！」

「気にしなくていい。それよりもどうしたんだ、その格好」

今の私はドレス姿ではなく、平民がよく着ている膝下丈のワンピースを着ているからか気になられたみたいだった。

「あの、実は私は今、平民として生きていこうとしていまして……」

「……悪いが諦めてくれ」

「そ、そんな！」

「そんなって……、どういうことだ？　そんなに平民の生活がいいのか？」

驚く皇太子殿下に事情を説明すると、こめかみを押さえながら聞いてこられる。

「一度、引き受けた以上、中途半端な状態で辞めたくないということだな？」

「……そうです。もちろん、私の自分勝手な意見だとは承知しております」

「確認しておくが、俺の妻になるのが嫌だというわけではないんだな？」

「それは、もちろんです」

皇太子殿下に対して、あなたの妻になりたくありません、なんて言える人がいるのかしら？

口に出したいけれど、やめておく。

「うーん、どうするか、だな。危険だが、マリアベルには一人二役をしてもらうか……」

「……どういうことでしょう？」

意味が分からなくて聞いてみると、皇太子殿下はけろりとした表情で答えてくださる。

「そのままの意味だ。お前が伯爵令嬢だと知っている宿屋の人間には伝えてもいいが、それ以外の人間には、宿屋で働いている間はただのマリアベルで通せ」

「マリアベル・シュミルと、平民のマリアベルの二役をしろということですか？」

「そうだ。マリアベル・シュミルのことを知っているような人間は、その宿屋には近づかないんだろう？」

「平民しか来ないと聞いています」

「なら大丈夫だろう。護衛はつけるし、父上達にも話をしておく。ただ、期間は決めさせてもらうがな」

「殿下、いけません！」

私の後ろに立っていたソニア様達が殿下に叫んだけれど、殿下は手で2人を制して言う。

「危険なことは分かっているから、手は打つつもりだ。ただ、妻になる人間のワガママを少しくらいは聞いてやりたい。彼女は俺のワガママで妻にならないといけないんだからな」

本当に期間限定で平民暮らしをさせてくれるおつもりなのかしら？　でも、そんなことをしたら多くの人に迷惑をかけてしまうことになるかもしれない。セイラさん達に素直に謝った方がいいのかもしれないわ。

俯（うつむ）いてしまったからか、殿下は明るい声で話しかけてくる。

「詳しい話は改めてしようか。あまり長くここにいると、宿屋の人間も心配するだろう。だが、帰る前にいくつか話しておきたいことがあるので、もう少しだけ時間をくれ」

そう言ってから殿下は、明日、私の実家に乗り込むつもりだということを教えてくれた。


明日の朝、ライリー様が宿まで迎えに来てくれるというので、ソニア様にまた魔道具で宿屋に帰してもらった。

ライリー様が心配してくださった通り、私がなかなか帰ってこないので、セイラさん達は私を探しに行こうかと迷っていたところだったらしい。

そして、その日の晩、ロバートさんが息を切らせて帰ってきて、私を見るなり叫んだ。

「大変です！　マリアベルさん！」

「おかえりなさい、ロバート」

「ただいま！　っていうか、それどころじゃないですよ！　マリアベルさん、探されていますよ！」

「うるさい子ね。もう知っているわよ」

心配そうな顔をしているロバートさんにセイラさんが呆れた顔で言葉を返すと、ロバートさんは首を傾げる。

「知っているって？」

「ロバートさんにもご説明しますが、これから話すことは、絶対に他人には言わないでほしいんです」

セイラさん達に話をしている途中だったのと、食事もまだだったので、夕食をとりながら、今日あった出来事とこれからのことを改めて話をしたのだった。

2章　皇太子とシュミル家

次の日の朝、ライリー様が子供の姿で私を迎えに来てくれた。

ライリー様と呼ぶようになったのは、昨日のうちに、皇太子殿下ではなくライリーと呼んでくれと言われたから。皇太子殿下の命令には逆らえないわ。

「おはようございます、ライリー様」

「おはよう、マリアベル」

「どうして子供の姿なんですか？」

「ウロウロするなら、この姿の方が安全だし、マリアベルの家に行くなら、この方が面白そうだろう？」

紺のサスペンダーに白シャツ姿で、いたずらっ子みたいな笑みを浮かべるライリー様に苦笑する。

「私の家族が失礼なことを言うかもしれませんから、普段の姿の方が助かります」

「それを承知で行くんだ。それから、昨日、話した通り、マリアベルは正体を隠しておいた方がいいから、馬車の中で、君を違う姿に変化させよう」

ライリー様は少し離れた場所に停めていた馬車まで私を連れていくと、先に乗って私に手を差し出してくれた。遠慮しながらも、差し出された手に自分の手を乗せると、なんだか体が温かくなった気がした。

それは、ライリー様も同じだったようで、私の向かい側に腰を下ろすと笑顔を見せる。

「やっぱり、マリアベルの魔力は心地いいな」

「……今の感覚は魔力なんですか？」

「そうだ。君の場合は魔力が漏れているから、触れなくても感じられるんだが、触れると、よりはっきりと分かるな」

「魔力が漏れている？」

「君は魔法を使えるだろ？」

「いいえ。魔力があるだなんて、初めて知りました」

そんなことを言われたのは初めてだったので焦ってしまう。

「私は魔法を使えるんでしょうか？」

「ソニアが鑑定魔法を使えるから、今回の件が終わったら鑑定してもらうといい。ただ、魔力が漏れているということは、補助系の魔法かもしれないな」

「ありがとうございます！」

魔法が使えなくてもいいと思っていたけれど、魔力があると言われると嬉しくなった。

エルベルのような魅了魔法ではないことは確実だけれど、魅了魔法は私には必要ないし、違う魔法が使えるなら嬉しい。

「とにかく、君の姿を変えることにするけど、どんな姿がいいんだ？　動物とかの方がいいか？

それなら俺が抱けるから、君も話がよく聞こえるだろ」

「そうですね。ライリー様に抱いてもらうのは申し訳ない気がしますが……」

まさか、姿を変える魔法を使える方がいるだなんて思っていなかったから困惑する。しかも、ライリー様に抱っこしてもらうなんて、本当に申し訳ない。

「猫でいいか？　自分以外の場合は、簡単に想像できるやつじゃないと難しいんだ」

「かまいません」

頷くと、ライリー様が目を閉じて呪文を唱えた。

ドキドキしながら見守っていると、ライリー様が急に大きく見えるようになった。

「上手くいったんだが……」

ライリー様は驚いた顔をして呟くと、私を抱き上げて言う。

「君の持っている魔法の力は、悪用されたらまずいことになるな」

「にゃーん？」

どういうことですか？

と聞いたつもりが、私の口から発されたのは鳴き声だった。

「にゃっ!?　にゃっ!?」

「マリアベル、君は肌が白いからか、綺麗な白猫になった」

「にゃー？」

そうなんですか？

と、問いかけてみたけれど、やはり鳴き声。

会話にならないので大人しくしていると、ライリー様に撫で回されて気持ち良くなり喉を鳴らしてしまう。そして、実家に着いた時には、ライリー様の腕の中が心地よすぎてとろけてしまっていた。


「殿下、マリアベル様が可愛いからって、どれだけ撫で回したんですか」

私の実家の前で合流したソニア様が、ふにゃふにゃになった私をライリー様から奪い、私の頭を撫でながら怒ってくれた。

あ、気持ち良いです、ソニア様。

「ソニア、君も同じことをやっているよ」

喉を鳴らしたからか、フィーゴ様が呆れた顔で続ける。

「というか、僕も抱っこしたいんですが」

「駄目だ。他の男には抱かせん」

「殿下、誤解しないでください！　邪な気持ちは全くないですよ！」

猫の私はとても人気者になってしまった。というか、こんなことをしている場合ではないのでは？

私が思うくらいだから、ライリー様達がそう思わないわけはない。約束よりも少しだけ早い時間だけれど面会を求め、私達は応接室に通された。

応接室に入ったのはライリー様とフィーゴ様、そして猫の私と護衛騎士が２人。

護衛騎士は座らずに、ライリー様達の後ろに立っている。私はライリー様の太腿の上で話を聞くことになった。


やがて、応接室の扉が開き、お父様ではなく、黒のドレスを着たエルベルが部屋の中に入ってきた。すると突然、カーペットに膝から崩れ落ちた。

「皇太子殿下、申し訳ございません！　お姉様はもうこの世にはいないようです！」

え……？　どういうこと？　見つからないからって、私、死んだことにされているの？

まあ、見つからないから、そう思うのもしょうがないのかもしれないけれど、それなら見つからないと素直に言えばいいのに……。

「一体、何の話をしている？」

ライリー様のふりをしているフィーゴ様が眉根を寄せて尋ねると、エルベルは涙ながらに答える。

「どんなに探しても、お姉様の行方が分からないんです。きっと、お父様から追い出されたショックで、世を儚（はかな）んで命を落としたとしか思えません……」

ううっ、とエルベルが泣く。

追い出されることになったのは、あなたのせいでもあるんだけど？　だから、絶対に嘘泣きよね？　それにライリー様には、私は家出をしたと伝えていたのよね？　追い出されたと言ってよかったの？

「……遺体は見つかったのか？」

フィーゴ様はとりあえず相手をしてあげることにされたようで、エルベルに尋ねた。

「い、いいえ！」

「では、憶測じゃないか。自分の姉を勝手に殺すなよ」

本物のライリー様が割って入ると、エルベルは赤のカーペットの上に座り込んだまま、首を傾げる。

「どうして、子供がいるんですか？」

「俺がいないと始まらないからだ」

「おままごとじゃないんですよ？」

エルベルは困ったような顔をして、フィーゴ様に説明を求める。

「先日の集まりにもいらっしゃいましたけど、殿下のご親戚かお知り合いの方ですか？」

すると、フィーゴ様ではなくライリー様が答える。

「俺の名前はライリーだ」

「まあ！　殿下と同じ名前なんですね」

エルベルは笑顔で言ってから続ける。

「私、子供が大好きなんですよ」

「その割には、前回は俺に話しかけてこなかったな」

「そ、それは、皇太子殿下のお相手をする方が大事だからです」

エルベルが視線を彷徨（さまよ）わせながら答えた時、彼女を助けるようなタイミングでお父様が入ってきた。

「本日はようこそお越しくださいました。申し訳ございませんが、エルベルから話を聞いていただいたかと思いますが、マリアベルは不幸にも……」

「その先の言葉は聞きたくない。マリアベルを探す手配をするから、少しだけ席を外させてもらう」

何か適当な理由をつけて、皇太子殿下のふりをしているフィーゴ様が出ていく、という話は事前にしていたので、ライリー様は何も言わずにフィーゴ様を見送った。

私とライリー様、エルベルとお父様だけになったところで、向かい側に座っているエルベルがお父様に話しかける。

「おかしいわ。普通なら簡単に納得してくれるはずなのに」

「全く反応なしなのか？」

「そうなんです！　こんなにも可愛い私に見つめられたのに……」

そう言ってエルベルは、ライリー様の後ろに立っている2人の騎士に目をやった。

「……これはまずいな」

ライリー様が呟くので顔を上げると、私を抱き上げて騎士の様子を見せてくれた。

任務中だというのに、騎士はしまりのない顔をして、エルベルを見つめている。

私にとっては見慣れた光景だけど、皇太子殿下の護衛がこれでは駄目よね。

「にゃー」

でも、これはエルベルの魔法が強すぎるせいだと思うので、この騎士達を責めないであげてほしいです。

と言おうとしたが、当たり前だけど猫の鳴き声しか出ない。

「どうした？」

ライリー様は私の鳴き声の意図を理解しようと試みてくださるけれど、ジェスチャーでは伝えられないわ。

「にゃーん」

鳴いてから首を横に振ると、「あとで聞かせてくれ」とライリー様が言ってくれた時だった。

「何だ、このおかしな子供は……」

「お父様、失礼ですわ。この子は皇太子殿下のお知り合いか何かです。お姉様が先日、お話をしていたのもこの子ですわ」

「マリアベルはこんな小さな子供と話をしていたのか。何が面白いと言うんだ？」

「駄目ですわ、お父様。この子、結構しっかりしているから、皇太子殿下に告げ口されてしまうかもしれません」

「子供の言うことなんて、皇太子殿下が信じるわけがないだろう。それに、見てみろ。いかにも頭が悪そうな顔をしている」

クックックッとお父様が笑う。

頭が悪いのはお父様の方だわ……。

ライリー様、申し訳ございません。私の父親はこんな人間ですよ？　本当に私を妻にされるおつもりですか？　考え直された方がいいと思うのですが？

「……ふーん。そうか、俺はいかにも頭が悪そうな顔をしているのか。自分では気がつかなかった。もしかすると、周りはそう思っていても口にしなかったのかもしれないな」

「にゃ、にゃーん！」

そんなことはありません！

太腿の上で後ろ足だけで立ち上がって前足を伸ばすと、ライリー様は私の顎を撫でながら微笑む。

「分かっている。大人しく聞いていてくれ。言いたいことを言わせてから、こちらも言うことにしよう。その方が楽しいだろう？　何より、人間の本性ってものが分かるしな」

「にゃーん……」

ライリー様も悪い人ですね。もちろん、お父様の方がもっと性格は悪いですけど。

ライリー様は私の気をそらそうとしているのか、頭や顎、背中などを優しく撫でてくれながら、お父様とエルベルの会話を楽しそうに聞いている。

そういえば、毛が全く抜けないのは助かるわ。本当の猫じゃないからかしら？

ライリー様の服を私の毛だらけにしたらどうしよう、と不安になっていたけど大丈夫そう。

「全く、このガキのせいで私達は大変な目にあっているというのに！　ニヤニヤしやがって」

「本当ですね。自分の悪口を言われているのに笑うなんて気持ち悪い！」

「……エルベル嬢、君は子供が好きだと言っていたが、今、気持ち悪いと言ったか？」

ライリー様が尋ねると、エルベルは焦った顔をした。

ライリー様にエルベルの魅了が効いていないことに改めて気がついたみたいだった。

「そ、それは、その、悪口を言われて喜んでいるみたいだから……。普通は自分の悪口を言われたら悲しむものじゃない？」

「喜んでるんじゃない。お前達の愚かさを笑ってるだけだ」

「なんて生意気なクソガキだ！」

「お父様！　駄目よ！」

エルベルは立ち上がったお父様を慌てて止めると、騎士の2人に涙目で訴える。

「お願いです、そこにいらっしゃる素敵な方。お父様は、この子供の悪口など何も言っていませんよね」

「はい！　何も言っておられません！　逆に褒め称えておられました！」

騎士の言葉を聞いたエルベルは、笑みがこぼれそうになるのを必死にこらえて2人に礼を言った。そして、ライリー様を見て言う。

「これで、あなたが何を言っても誰も信じないわ？　だって、悪口を言われたと主張するのは子供のあなただけだもの」

「……そうか。子供じゃなければいいのか？」

「何を言っているの？　あなたは子供じゃないの」

「せっかくチャンスをやったのに、自ら棒に振るとはな」

ライリー様は小さく息を吐くと、魔法を解除したのか、白シャツに黒のズボン姿という格好で元の姿に戻られた。

騎士達にはあとで忘却魔法と記憶操作をして、ライリー様が魔法を使って子供のふりをしていたことを忘れさせるらしい。だから、今は彼らのことは気にせずに、この場で魔法を解除されたのだ。

「この姿では、はじめまして、だな。で、お前ら、俺の顔を知らないとは言わないよな？」

ライリー様は私の頭から背中を優しく撫で続けながら、驚愕（きょうがく）の表情を浮かべているエルベル達に尋ねたのだった。

「そ、そんな！　嘘でしょう⁉」

　エルベルが立ち上がって叫んだと同時に、フィーゴ様が部屋に戻ってこられた。ライリー様が元に戻っている姿を見て眉根を寄せる。

「もうネタバラシしたんですか。早すぎませんか？　僕もその瞬間を見たかったのに……」

「悪い悪い。あまりにも俺の子供の容姿を悪く言われて、さすがに腹が立ったもんでな。どうやら、俺の子供の頃は、いかにも頭が悪そうな顔だったらしい」

「なんてことを……」

　フィーゴ様はエルベルとお父様の方を睨んで尋ねる。

「どちらがされた発言ですか？」

「そ、それは……、その」

　お父様が焦った表情になる。

「シュミル伯爵は何も言っておられません！　逆に褒め称えておられました！」

　すると騎士達が、エルベルに頼まれた時に発した言葉をフィーゴ様に向かって叫んだ。

　それを聞いたフィーゴ様がエルベルを睨む。

「では、彼女が殿下の悪口を？」

「ち、違います！　というか、どうして⁉　どうしてあなたは私に対して何とも思わないんですか!?」

「何とも思ってないことはないですよ。不敬な女性だと思っています」

「そ、それは……！　というか、私も何も言っていません！　ねぇ、そうですよね？」

エルベルが騎士2人に尋ねると、2人がまた叫ぶ。

「はい！　シュミル伯爵令嬢は何も言っておられません！」

まるで洗脳されたみたいになっているわね。ここ最近、エルベルの力は本当に強くなっているみたい。昔はここまでじゃなかったのに、一体、どうなっているの？

「フィーゴ、俺以外の4人はこう言っているが、俺が嘘をついていると思うか？」

「思いません。それに本来ならば、そんな確認はしなくとも、皇太子殿下が仰ることであれば、それが真実ですから」

白いものも、ライリー様が黒だと言えば黒になるということよね？

実際、そこまで酷いことは仰らないと思うけれど、お父様達を脅す意味合いもあるのなら、これくらい大げさに言ってもいいような気がした。

「いや、普段は言ってもらえなかったことをはっきり言ってもらえて助かった。ただ、子供相手にあんなことを言う人間性はどうかと思うがな」

「にゃうー」

申し訳なくなって、また、ライリー様の太腿の上で後ろ足だけで立ち上がって謝ると、私を抱き上げて頬を寄せてくれた。

「お前は本当に可愛いな」

「にゃー！」

猫の姿のことを言ってくれているのは理解できますが、そんなことを言われたらドキドキしちゃいます！

そんな私の気持ちなど分かっておられないのか、ライリー様は眩しいくらいの笑顔で、私を愛おしそうに見つめてくる。

ううう。眩しい！　そりゃあ、猫は可愛いですけども！

「マリアベルが家を出た理由は、家出じゃなくて追い出されたのだということも分かったし、もうこの家に用はないな」

「追い出された……？」

ライリー様の言葉に対して、お父様は聞き返した後、エルベルの方を見る。

「エルベル、皇太子殿下に何とお伝えしたんだ!?」

「そ、それは……、あの」

エルベルも自分が失言していたことに気がついて、焦りの表情を浮かべる。

「あの、皇太子殿下、本当に追い出したわけではないのです。こちらのエルベルから、マリアベルが皇太子殿下に失礼なことをしていたと聞きまして、反省させようと思って、追い出すふりをしたんです」

「では、彼女の言っていた、お父様に追い出されたショックで云々という話や、彼女の涙は全て嘘だったと言うのか？」

「それはですね……」

お父様は必死になって言い繕（つくろ）おうとしたけれど、ライリー様はきっぱりとはねのける。

「言い訳はいらん！　どっちにしても、今、マリアベルがこの家にいないのは確かなんだろう？」

「そ、それは……」

お父様とエルベルは顔を見合わせた後、ソファから立ち上がってライリー様に頭を下げる。

「申し訳ございませんでした！」

「最初からそうやって謝っておくべきだったな」

「何卒（なにとぞ）、先程までの無礼をお許しください！」

お父様は広い場所に出てくると、カーペットに額をつけて謝る。

「マリアベルを差し出すことはできませんが、代わりに妹のエルベルを差し出しますので、どうぞお許しくださいますがね」

「差し出すという言い方もどうかと思いますがね」

フィーゴ様が不機嫌そうな顔をして言うと、お父様は慌てて首を横に振る。

「もらっていただきたいという意味でございます！」

「皇太子殿下！　私はいつでも、あなたの妻になる準備ができております！」

エルベルは自分の胸に両手を当てて続ける。

「先日、お会いした時からお慕いしておりました」

「お前が話をしていたのはあいつだぞ？」

ライリー様が白けた顔をしてフィーゴ様を指差す。フィーゴ様もうんうんと頷く。

「そうですね。あなたが必死に話しかけていたのは僕ですね」

「えっ!?　あ、その、そうでしたわね……。皇太子殿下は子供のお姿でしたものね……」

エルベルの言葉は尻すぼみになっていったけれど、何とか持ち直して明るい表情で言う。

「ぜひ、本当の皇太子殿下のことを教えてくださいませ。お膝の上にいる猫はとても可愛らしいですわね。殿下が昔から飼っておられるのですか？」

「……」

私はもちろんのこと、ライリー様もフィーゴ様も呆れた顔でエルベルを見た。

「どうかされましたか？」

「いや。褒めてくれてありがとう。俺の中では世界で一番可愛い猫だ」

ライリー様が長くて細い指で、私の顎をかりかりとかいてくれる。

そんな場合ではないのに、気持ち良くてゴロゴロと喉を鳴らしていると、ライリー様が優しく私の体を持ち直して立ち上がる。

「悪いが、俺はマリアベルにしか興味がない。君は魅力的なのかもしれないが、俺にはそう映らないし、君は俺の妻になる器ではない。もう帰らせてもらう」

「お、お待ちください！　マリアベルを必ず見つけ出しますので！」

「別にいらない。俺は俺で探す。大体、お前はマリアベルを追い出したんだろう？」

「そ、それは、その！　違います！」

「何が違うんだ」

ライリー様はやっぱり悪い人だわ。本人がここにいると分かっていて、平気な顔で探すと言ってしまわれるんだから。

でも、撫でられるのは気持ちいい。

ライリー様は私の背中を撫でながら、お父様の横を通り過ぎると、また子供の姿に変わった。

「帰るぞ、フィーゴ」

「承知いたしました」

フィーゴ様は扉を開けると、廊下で待っていた、黒のローブに身を包んだ垂れ目の少年に声をかける。

「テッカ、あとは頼むよ。できれば記憶操作を頼む」

彼は忘却魔法の使い手で、記憶の操作も少しの時間だけならできるらしい。ただ、記憶の操作はとても難しいんだそう。

「めんどくさいなぁ。失敗するかも」

「まあ、そう言うな。しょうがないから、今だけ抱っこさせてやる」

ライリー様は面倒くさそうにしているテッカ様に、猫の私を預けると、テッカ様は私を両手で抱きかかえて目を見開いた。

「これって……」

「というわけで、頼む」

「試してみる」

ライリー様に頼まれたテッカ様は、唖然(あぜん)としている騎士2人とお父様達に魔法をかけた。

そして、思ったよりもすぐに終わったのか、私の頭を撫でて言う。

「ありがとうございました」

「？？？」

不思議に思っていると、ライリー様もテッカ様にお礼を言われた。その後、私を受け取って歩き出す。

私の背中を撫でながら「言うのを忘れていたな」と呟いたので、何を忘れたのか聞いてみる。

「にゃーん？」

これに関しては意味が伝わったみたいで答えてくれる。

「マリアベルを追い出したということは、もうマリアベルはこの家とは関係がないということを念押ししておくべきだった」

「……」

そんなことを言われたら、お父様は絶叫するでしょうね。

だって、皇太子殿下に選ばれた娘を追い出したんだもの。まあ、少しくらいは悔やんでほしいものね。普通の親なら娘を簡単に追い出したりしないものでしょうから。

＊＊＊＊

マリアベル達が帰った後、すぐにゴウクはビークスを呼び出し、彼の顔を見るなり叫んだ。

「皇太子殿下よりも先に、何としてもマリアベルを見つけるんだ！　先に見つけられてしまったら、私がマリアベルと縁を切ろうとしたことが分かってしまう！　そうなったら！」

皇太子妃、いや、いつかは皇后になるかもしれないマリアベルを追い出してしまったことにより、ゴウクは皇后の父という身分を自ら手放してしまったことを悔やんでいた。

（どうしてあの時、エルベルの話を聞いただけで、マリアベルを追い出したんだ？　いや、今はそんなことはどうでもいい。まだだ。まだ間に合う。マリアベルを皇太子殿下よりも先に見つけられれば……。謝ればあの子のことだから許してくれるだろう。生きていてくれよ、マリアベル！）

マリアベルが先程まで目の前にいたことを知らないゴウクは、心の中でそう叫んだ。

＊＊＊＊＊

「マリアベル様がどんな能力を持っていらっしゃるか、鑑定をしたらいいんですか？」

「そうだ。警戒しないといけない可能性が高いから、今すぐに頼む」

「私はかまいませんが、マリアベル様はよいのですか？　自分の持っている力を知りたくないという方も、中にはいらっしゃいますので……」

ライリー様に頼まれたソニア様は、気遣うような表情で私を見た。

ちなみに、まだ私は猫のままであり、今は乗ってきた馬車で宿屋まで送ってもらっているところだった。

行きの馬車とは違い、帰りの馬車はフィーゴ様やソニア様、テッカ様も乗っている。

ライリー様の隣に座っているフィーゴ様は、私に触れたくてしょうがないといった感じでソワソワしている。ライリー様はそんなフィーゴ様に気がついているのに頑なに触らせようとしない。

私的には一度くらい触らせてあげたいので、まだ猫のままでいるのに、この様子だと意味がなさそうね。

「にゃー」

それなら人に戻してもらおうと思って、ライリー様のお腹を右の前足でちょいちょいと触ってみる。意味を理解してくださったのか、魔法を解除してくださった……、のはいいのだけど、ライリー様の太腿の上に座っている状態で人間の姿に戻ってしまった。

「おっと」

落ちそうになった私を改めて抱きかかえて、座った状態の膝抱っことも言われる横抱き状態にしてから、ライリー様は会話を続ける。

「マリアベルは自分がどんな魔法を使えるか知りたいんだよな？」

「知りたいです！　知りたいですが、その前に下ろしていただけませんでしょうか⁉」

「何でだ？　狭いだろ？」

「そういう問題じゃありません！　皇太子殿下の膝の上に乗るだなんて！　しかも、私の足がフィーゴ様に当たりそうです！」

「僕のことは気になさらなくて大丈夫ですよ」

微笑んでくれたフィーゴ様が明らかにがっかりしているように見えたので言う。

「今度、魔法で猫にしていただけることがあったら、フィーゴ様は私に触れてくださってかまいませんので」

「いいんですか⁉　動物を飼いたかったんですが、こんな生活を続けているんで世話できないからって諦めていたんですよ！」

「フィーゴは動物が好きだもんね」

テッカ様が鼻で笑った後、黒くて長い前髪を揺らし、その隙間から見える赤い瞳を私に向けて続ける。

「もしかしてマリアベル様は、魔法を強化したり増幅したりするタイプなんじゃないですか？」

「強化や増幅、ですか？」

テッカ様に聞き返すと、ソニア様が私に聞いてくる。

「鑑定してもよろしいですか？」

「お願いいたします」

ソニア様は私が頷いたのを確認すると、私の方に両手を伸ばし、何か呪文を呟いた。すると、ソニア様の体の周りに光の輪ができたかと思うと、一瞬で消えた。

「……テッカの言う通りね……」

ソニア様は呟くと、鑑定結果を私に教えてくれる。

「マリアベル様は魔法の効果を高める能力と言いますか、そんな効力のある魔法を使っておられます」

「……魔法の効果を高める魔法？」

「はい。簡単に言いますと、今、マリアベル様の近くにフィーゴがいるせいで、フィーゴの魅了魔法は、いつもならばコントロールされているはずなんですが、全くできていない状態になっています。ですから私には、フィーゴがキラキラした皇子様に見えます」

「それは僕も。さっきから、フィーゴが可愛いお姉さんに見える時があるんだよ。普段はそんなことないのに。というか、フィーゴだと分かっているから、冷静になれるけど、それくらいに、マリアベル様の力は強い」

眉をひそめて言うテッカ様に、フィーゴ様も不機嫌そうな顔をする。

「僕がお姉さんに見えるってどうなんだよ。というか、それくらい強くなっているということか……」

フィーゴ様は自分の中で納得されたようで、うんうんと、大きく首を縦に振った。

「あの、どういうことでしょう？　私は何もしていないのに、人の魔法の効果を高めているということですか？」

「そのようです。マリアベル様は魔力のコントロールが上手くできておられない。もしくはキャパシティをオーバーしてしまったのかもしれませんが、現在、魔力が垂れ流しになっている状態で、しかも無意識に強化の魔法を使われているようですね」

「魔力が垂れ流し……」

そんな言葉を初めて聞いたので、これから自分はどうしたらいいのか分からなくて困っていると、ライリー様が優しく教えてくれる。

「たぶん、キャパシティの問題のような気がするな。年々増えてきたんだろう。最近、エルベル嬢の魅了が強くなってきたんじゃないか？」

「そうなんです。エルベルの魅了の力が強くなってきたな、と思ったのは最近です。少し前までの父はまともでしたから、エルベルの魅了のせいでおかしくなっているのかと……。もしかして、私のせいで、父はおかしくなってしまったということですか？」

「君のせいとは言わないが、君がエルベル嬢と一緒にいたことで、彼女の魅了魔法の効果を高めてしまったんだと思う。そして、君の魔力が増えれば増えるほど効果が高まっていったんだろうな」

「だから、年々、エルベルの魅了が強くなっていくように感じたんですね」

彼女の魔法の効力が強くなったんじゃなく、私がエルベルを助けていただなんて……。

「これからは貴族のマリアベルでいる間は、皇太子妃候補であると同時に、色々と覚えたり、やってもらわないと駄目なんだが、その中に魔力のコントロールの仕方も教育として増やそう」

「ふ、増やす……」

平民として暮らしながら皇太子妃候補の教育だけじゃなく、魔力のコントロールの仕方を覚えるだなんて、そんな濃厚そうなスケジュールが、私にこなせるのかしら？

「あの、ライリー様。今更なのですが、皇太子妃を辞退することは……」

「無理だと思います」

ライリー様ではなく、ライリー様以外の３人が首を横に振って答えてくれた。

「そ、そうですよね……」

「申し訳ございません、マリアベル様。あなたの力が分かってしまった以上、余計にあなたを保護しなければならないんです」

ソニア様が綺麗な顔を歪めて言葉を続ける。

「マリアベル様の能力が知られれば、あなたを自分のものにしようとする悪い人間が出てくるはずです」

「……分かりました」

皇太子殿下の命令を断ることなんて無理だし、断ったら、このままだといつか自分の魔法のせいで誰かを傷つけたりするかもしれない。

それなら、皇太子妃になるという選択肢しかないわよね。

逃さないと言わんばかりに、私の腰からお腹にしっかりと回されたライリー様の腕を見ながら、私は覚悟を決めた。

＊＊＊＊＊

「悔しい！」

エルベルは自室に戻ると、机の上に置かれていた本を取り、柔らかなワイン色のカーペットの上に投げつけた。

メイドはどうすればいいのか分からず、オロオロしているだけだ。

「どうして私を選ばないの？　どうしてお姉様を選ぶのよ！」

自分になびかない男が今までにいたのは確かだったが、ここ最近はそんなことがなかった。

何より、自分の気に入った男性がマリアベルを選んだことが許せなかった。

（皇太子殿下は私に見向きもしなかった！）

エルベルの記憶の中では、子供のライリーは皇太子の親戚で、皇太子はフィーゴだった。彼女の中では、ただ一緒についてきただけの親戚の子供の悪口を皇太子に聞かれたということになっている。

（皇太子ということは、いつかは皇帝になるんでしょう？　そんな人が私よりもお姉様を選ぶだなんてありえない！　ああ、お姉様、どこかで死んでくれていたらいいのに！）

エルベルの願いは叶うはずもなく、次の日、彼女の元に、マリアベルが見つかったという知らせが届くのだった。

3章　皇太子妃候補と諦めない婚約者

　実家に行った数日後、皇太子妃教育ももちろんあるけれど、ライリー様に呼び出されて、宮殿にやってきていた。

　二重生活をしていることを考慮していただき、伯爵令嬢時代にテーブルマナーなどは習っていると判断され、その分の教育については免除してもらえた。そのため、わりと楽なスケジュールにしてもらっているから、魔力のコントロールの授業以外は、大した疲れはない。

「魔力は上手く扱えそうか？」

「少しずつコントロールできてきてはいるんですけれど、自分に魔力があると自覚したせいなのか、効果が上がってしまっているみたいで……」

　ライリー様の執務室のソファーに座り、私はお茶を飲みながら、ライリー様は執務机で仕事をしながら話をしていた。すると、ライリー様の横にある机で仕事をされていたフィーゴ様が小さく頭を下げる。

「……申し訳ございません」

「どうした、フィーゴ。何かやらかしたのか？」

「違うんです、ライリー様。私が悪いんです。フィーゴ様は実験台になってくださったんです。私が魔法をちゃんとコントロールできているか調べるために、フィーゴ様には魅了魔法をコントロールするのを控えてもらったんです。最初は私も上手くできていたから大丈夫だったんですが、話をしたりして気が削がれてしまうと駄目でした。私は魅了魔法に対する耐性があるので良いんですが、気がついた時には先生がフィーゴ様を好きになってしまっていたんです」

「それなら別にフィーゴが謝ることじゃないな。それにコントロールしたり、離れたりしたんだから、魅了は解けたんだろ？」

「それはそうなんですが……」

申し訳なさそうにしているフィーゴ様に頭を下げる。

「申し訳ございませんでした。フィーゴ様は女性が苦手なのに……」

「気にしないでください。僕も元々、魔力のコントロールができていなくて、ずっと魅了魔法が発動していた状態だったんです。そのせいで、色々とありまして……」

元々、ライリー様に似ているし、今も並んでいると、パッと見ただけではどちらがライリー様か分からない。

もちろん、私のように毎日顔を合わせるようになれば、よく見ればすぐにどちらか判断はできる。整った顔立ちだから、一目惚れとかしてしまう女性がいてもおかしくない。そこへ、魅了魔法が追加されたら余計に大変だったのでしょうね。

「そのせいで、色々とあって、僕は家族から嫌われています。あ、といっても、縁を切られたわけではないので、余計に腹が立つんですが……」

「……え？」

どういうことなのか分からなくて聞き返そうかと思ったけれどやめた。まだ、フィーゴ様とそこまで仲が良くなったわけではない。

話したくなかったら今の話もしないと思うけれど、今はまだ聞くべき時じゃないわよね。

すると、ライリー様が話題を変えてきた。

「それよりも、マリアベル。君に聞きたいことがある」

「……何でしょうか？」

カップをソーサーに戻してから尋ねると、ライリー様は応接セットの横に置かれてある大きな茶色の箱を指差した。

「その中を見てくれ」

立ち上がって箱に近づき、言われた通りに中を覗き込むと、封筒がたくさん入っていた。

パッと見ただけでも１００通以上はありそうな気がする。

「こ、これ、全部、手紙ですか？」

「そうだ」

「もしかして、皇太子妃に決まったからですか？」

先日、私が皇太子妃として決まったことが大々的に発表された。

といっても、マリアベルという名前しか伝えられておらず、家名は発表されていない。ただ、私の知り合いや実家には、相手が私であることは伝えられているので、口コミでどこの家名の人間かは知れ渡っていた。

結婚の日取りについては、まだ決まっていないけれど、盛大な結婚式が開かれることは分かっている。

そして、その式に参列できる人間は限られていて、ほとんどが国の偉い人や、その家族なのだけど、新婦になる人間の親しい人や親戚も呼んでもいいことになっている。

現在、私が住んでいるのはシュミル家ではなく、この宮殿のため、招待してほしいという手紙がこちらに送られてきているみたいだった。

「それは全て君宛だが、危険なものがないか調べるために開封させてもらった。手紙の内容は読んでいないが、君は知り合いが多いんだな」

「そんなわけありません！」

ライリー様の言葉を否定してから、箱に入っている封筒を一つだけ手に取り、書かれている内容を読んでから大きく息を吐いた。

「誰だった?」

「学生時代の先生でした。といっても、話をした記憶はありません」

聞いてきたライリー様に向かって答えた後、次から次へと手に取って内容に目を通す。

「昔、エルベルと一緒になって私をいじめた子とかが、仲良しだったよね、とか書いてきているんですが! それにこれ、元婚約者もいます! あ、元婚約者といっても、最近の人ではないです!」

プリプリしながら、聞かれてもいないのに話をしていると、ライリー様が言う。

「いるものといらないものを分けてくれないか?」

「たぶん、いらないものばかりです」

皆、私が皇太子妃になったから連絡してきているだけでしょ!?

エルベルと仲良くしていた人だけじゃなく、従姉妹(いとこ)の知り合いなんて、私にしてみれば全く知らない人なんだけど!?

「お近づきになりたい人や、いつの間にか私の知り合いだったり、遠い親戚の人がいっぱいいます」

「マリアベル様、人ってそんなものなのですよ。僕もそうですが、ソニアもテッカも、まだマリアベル様とは顔を合わせていないハインツも、殿下の側近になると聞いた途端、周りから一斉に手のひら返しをされました。ですから、マリアベル様も無視していいと思います。本当の友達や親戚だと思える人だけを式にお呼びください」

フィーゴ様が苦笑して言った。

もしかしてライリー様の側近は、家族と上手くいっていなかった人が集まっているの？

私の手が止まったことに気がついたライリー様は、大きなため息を吐いてから言う。

「フィーゴ、お前は休憩してこい。仕事のしすぎでだいぶネガティブになっているぞ。それから、お前の話をしてもいいんだな？」

「ありがとうございます！　そのお言葉を待っていました！　あ、僕の話は殿下からお願いします。思い出すのも嫌なんで。ただ、マリアベル様には知っておいていただいた方がいいかと思いますんで」

「分かった。ソニアにも同じことを言われているから、お前とソニアの話だけしておく」

「お願いします！　では、マリアベル様、失礼いたします」

フィーゴ様は私に恭しく頭を下げてから、笑顔で執務室を出ていく。

「別に、俺が無理矢理働かせているわけじゃないからな？　あいつは何かきっかけがないと休憩ができないんだ」

ライリー様も仕事が一段落したのか腕を回しながら、私のところまでやって来ると、いらないと横によけていた封筒の束を見て呆れた表情になる。

「ちゃんとした知り合いや親戚からは1通もきてないのか？」

「友人には私から連絡を入れていますので来ていませんし、親戚と言われましても、私は父から追い出されましたので、いない状態ではあります。ただ、母方の親戚については親戚なのかなとは思いますので、連絡をしています」

それよりも気になることがあり、手に持っていた手紙を箱の中に戻すと、ライリー様がソファーに座るように促してきたので、大人しくさっきまで座っていた場所に戻る。

ライリー様は私の隣に座ると、少しの沈黙の後、口を開く。

「俺の側近はフィーゴ、ソニア、テッカ、ハインツの4人だ。国は違うが4人共、公爵家の令息と令嬢だ。そして、もう一つ共通点があって、彼らは幼い頃から自分の家族に厄介者だと疎（うと）まれていた」

ライリー様の言葉を聞いて、私みたいなぽっと出の令嬢を、すんなり皇帝陛下やフィーゴ様達が認めてくれた理由が分かった気がした。

「人は優れた人間を望むが、優れすぎているとマイナスと判断されることもある」

ライリー様は悲しげな目をして、言葉を続ける。

「幼い頃のフィーゴは、魅了魔法の制御ができなくて大変だったそうだ。既婚者だろうがなんだろうが性別も関係なく、耐性のある者以外は彼に魅了された。そのせいで、彼は何度も誘拐されかけた」

「ゆ、誘拐ですか⁉」

「ああ。執事もそうだし、メイドも魅了にやられて、どうにかして彼を自分のものにしようとした。彼の家族は魅了魔法の耐性があったから良かったが、その時のフィーゴはまだ5歳で、魔法のコントロールを覚えるのは難しかった」

「18歳の私でも難しいんですから、当たり前だと思います！」

「フィーゴは俺の1つ下で、彼と出会ったのは俺が7歳の時だった。フィーゴの父は俺とフィーゴの雰囲気がとても似ていることに気がついて、フィーゴを影武者にと推薦してきた。俺を守って死ねるなら、フィーゴも本望だろうと……。本当は厄介払いしたかったんだろうな。連れてこられるまでのあいつは、屋敷の地下にある独房に監禁されていたらしいから」

「そんな……」

ライリー様は幼い頃から、色々な魔法に対する耐性をつけさせられていたから、フィーゴ様の魅了魔法にも悩まされることはなかった。だから、フィーゴ様の両親はライリー様にフィーゴ様を押しつけてきたんだろうと教えてくれた。

フィーゴ様のお父様から影武者の話をされた皇帝陛下は、忠義心からなのか、子供を疎んでいるからなのか分かりかねたらしく、ライリー様との相性を見ることにされた。

長く一緒にいることになるのなら、相性が悪ければ、お互いに苦痛になると思われたらしい。

そんな心配をよそに、２人は良い友人になり、一緒に魔法のコントロールを学んで、フィーゴ様がある程度の魔法を使いこなせるようになった頃には、２人共が成長していた。

そして、ライリー様が16歳になった時、フィーゴ様を側近として選んだんだそう。

影武者兼側近という形に決まった時、フィーゴ様のご両親は、宮殿にやってきて、皇帝陛下に向かって、フィーゴ様は自慢の息子だと言ったんだそう。

フィーゴ様が影武者として預けられてから側近に決まるまでの間に、フィーゴ様のところへご両親が会いに来たことはなかったのに、手のひらを返した形だった。

側近に決まった途端、両親面をする２人が許せなくて、フィーゴ様はご両親との面会を断っていて、もう何年も会っていないとのことだった。

自分のことをあからさまに嫌っていた家族に自慢の息子だと言われても、何を今更、と思ってしまう気持ちは分かる気がする。

私だって、いきなり現れた親戚や知り合い達に驚いているだけじゃなくて、少しは嫌な気持ちになっているんだもの。

もちろん、フィーゴ様が家族に愛されたいと思っていたなら、喜ばしいことなのかもしれないけれど、あの口調だと喜んでいるとは思えない。

そして、ライリー様は、ソニア様のことも教えてくれた。

ソニア様の場合は状況が違って、お兄様が３人いらっしゃり、女の子が生まれてきたことに嫌悪感を持たれたのが要因とのことだった。

「普通ならば、上が男の子ばかりだったら、女の子が生まれてきたら嬉しいのでは？　もちろん、男の子でも嬉しいとは思いますが……」

「こんなことを言っては悪いが、ソニアの家は女性を差別していて、子供を生む道具のように思っている」

「そんなの酷すぎます！　というか、失礼じゃないですか！」

「そうだ。でも、ソニアの父はそうは思わず、ソニアに厳しく当たった。彼女が体術を覚えたのは、父の暴力に対抗するためだった。もちろん、幼い体ではかなわなかったみたいだけどな」

ライリー様は悲しげに目を細めて続ける。

「母親はこのままではソニアの命が危ないと、彼女が8歳の時に離縁しようとしたが、それは許されなかった。彼女が15歳になった時、デビュタントで彼女の頬がはれていることに気がついた俺の母上が保護した。ソニアの母上はそうやって彼女を守ろうとしたんだ」

ソニア様のお母様は、デビュタントの日をお父様に知らせなかったらしい。

ソニア様のお兄様もお父様の教育のせいで、お母様やソニア様を馬鹿にしていたというのだから酷い話だわ。

「鑑定の力が開花したのは彼女が16歳になってからだ。彼女は自分の力を最初からコントロールできていたから助かった。で、その1年後に彼女は俺の側近になった。ちなみに彼女は俺より2つ下だ」

「……そうだったんですね。あの、ソニア様のお母様は今はどうされているのでしょうか？この宮殿にいらっしゃるのですか？」

「ソニアが俺の側近になった時に、父親はソニアをフィーゴの両親と同じように、自分の自慢の娘だと言うようになったが、俺の母上は激怒した。けれど、ソニアは彼の自慢の娘になる代わりに、両親の離婚を希望して、それが受け入れられた。だから母親は、今は実家でゆっくりされているよ」

「それなら良かったです」

女性を蔑視するような人なら、ソニア様だけじゃなくお母様だって辛い思いをしていらしただろうから、そんな人と離れられて本当に良かった。

「私もエルベルのせいで辛い思いをしてきましたけど、ソニア様に比べたら全然ですね。もっと強くならないと！」

「強くなるのはいいが、まずは魔力をコントロールできるようにならないとな」

「はい！　そういえばライリー様。せっかくですし、フィーゴ様が戻られたら猫の姿に変えてもらえませんか？　フィーゴ様に触らせてあげるという約束をしたことを思い出しましたので」

もう、フィーゴ様も過去のことだと気持ちを切り替えられていらっしゃるとは思う。だけど、猫のことを話している時のフィーゴ様は本当に幸せそうだったし、友人として、またあの笑顔になってほしいと思った。

「……」

ライリー様が無言でものすごく嫌そうな顔をされたので、首を傾げる。

「どうかされましたか？」

「そういう気がないと分かっていても、君をあいつに触らせるのは嫌だ。だから、君じゃなくてもいいんじゃないか？　ほら、ソニアとかでも」

「どうして、ソニア様の名前が出てくるんです？」

「あ、いや、その……」

「ソニア様に迷惑をかけるわけにはいきません。本物の猫を飼うわけにはいきませんし、フィーゴ様と約束しましたから！　あの、撫でる場所を指定するのはどうでしょう？　頭と背中と喉のあたりだけとか」

「……」

私の提案を聞いたライリー様は、フィーゴ様が猫の私を撫でておられる場面を想像されたのか眉間のシワをより深くされた。

＊＊＊＊＊

ビークスは自室で悔やんでいた。

どうして、自分は婚約を破棄してしまったのだろうかと。

エルベルと会っている時は彼女を愛しいと思うのだが、家に帰るとマリアベルのことを思い出してしまうのだ。

こんな気持ちになるのは、マリアベルとの婚約を破棄してからだった。それまでは家に帰ってもエルベルのことばかり考えていた。

マリアベルが生きていたのは良かったが、彼女は皇太子妃に選ばれた。

もう、彼女は自分の手の届く人ではない。それは分かっている。

でも、なぜか、諦められなかった。

自分は皇太子妃に選ばれるような女性と婚約していたのに、どうして、エルベルと婚約しようとしたのか、何度も考えた。

そして、その答えを出すために、彼は、もう一度、マリアベルと会うことにした。

そうするには、どうしたらいいか……？

彼は必死に考えた。そして、彼なりの良い考えを思いついたのだった。

＊＊＊＊＊

「おはようマリーちゃん。今日は出勤日かい？」

「おはようございます！　当宿をご利用いただき、ありがとうございました！　気をつけていってらっしゃいませ！　またのお越しをお待ちしております！」

よく晴れた日の朝、フロントに立つと、チェックアウトを終えた常連さんから声をかけられたので、笑顔で見送った。

簡単な仕事しかしていないけれど、私がここに立つことで、セイラさんの仕事が少しでも楽になっているようだから、それはそれで良いと思っている。

宿屋で働くに当たって、皇帝陛下からいくつかの条件を守るように言われた。

1つ目はマリアベルという名前は珍しくないけれど、そう多くもないため、マリアとして一般には通すこと。そして2つ目は、宿屋の客に名前を聞かれた場合は、愛称のマリーを名乗ること。

そのため、常連のお客様には私はマリーと呼ばれている。私のことをマリアベルと知っている人達にもお願いして、マリア、もしくはマリーと呼んでもらうことになった。

私の正体を知っているのは、セイラさんの家族だけで、他の人達はマリアベルという名前を知っている人でも、「まさか皇太子妃になる人がここで働いているわけがない」と考えているようだった。

そして、ロバートさんの好きな人であるティルさんは、身元調査をした結果、信用できる人物と判断されたため、協力者として私の正体を伝えている。

ティルさんはかなり驚いてはいたけれど、一人で秘密を抱えるのではなく、秘密を共有できる相手が他にもいると知ると、ホッとした表情をしていた。

誰かと秘密を共有したくなる気持ちは分かるし、ロバートさんも共有している仲間になるから、これで少しでも2人の仲が近づいてくれたらいいな、なんて思ってしまう。

ティルさんに忘却魔法をかけるという話も出た。でも、そうなると、ロバートさん達にもかけなければならなくなるし、ティルさんの職場は役場だ。だから、この街の情報に詳しい彼女には味方になってもらうほうが利点があるとも考えられたので秘密を明かすことになったという理由もある。

実際、ティルさんは私が、皇太子妃に選ばれたマリアベルと同一人物だとは思っていなかったみたい。

それは役場の人も同じだったのだけど、役場の人に関しては、テッカ様にお願いして記憶操作をしてもらった。

婚約者で思い出したけれど、お父様達が私と会いたがっている、ということをライリー様から教えられた。

というのも、ライリー様宛にお父様から手紙が送られてきて、お父様は私に会いたい、エルベルはまだ皇太子妃になるのを諦めていないらしく、ライリー様と私に会いたい、そしてその時にビークスも一緒に連れていきたいと書いてあったんだそう。

ビークスの真意については、ロバートさんが上手く聞き出してくれた。

ロバートさんは、夕食を一緒に食べながらビークスの話をしてくれたのだけれど、なんと、最近のビークスは、私との婚約破棄を後悔しているのだそう。

「どうして婚約破棄したんだろうと後悔されていて、えらくしょぼくれてますけど、自業自得ですよね。魅了魔法にかかっていたんなら同情しますけど。かといって、あんなことを女性にしちゃいけないですよ。簡単に人を見捨てるような人は良くないです」

「魅了魔法のせいで冷静な判断ができなくなることは確かですけど、他にやり方はありますもんね」

「そうですよ。放り出すなんてありえません。あ……、マリアベル様は、ビークス様とよりを戻したいとかないですよね？」

「そんな気持ちは、一切ありません」

首を何度も横に振ると、一緒に食事をしていたテッカ様が言う。

「よりを戻したいなんて言われたら困りますよ。ライリー様が暴れるかも」

「ライリー様はそんなことはなさらないですよ」

「するかもしれないから言っているんです」

テッカ様は私の年の離れた弟として、一緒に宿屋で働いてくれている。

といっても、背が小さいから、カウンターの向こうだと姿が見えないので、店の入口近くでマスコットのように座ってくれている。座っているだけなのに外見が可愛らしいからか良い客寄せになっている。

テッカ様は年齢を問わず、女性のお客様に人気で、お菓子をもらったりして可愛がられている。テッカ様も満更(まんざら)でもなさそうだった。

テッカ様の役割は、私が貴族であることを知っている誰かに出くわしてしまった場合、その人に忘却魔法をかけることだ。だから、私がフロントに立つ時には一緒にいてくれる。

テッカ様の他にも護衛として男性が2人いて、その人達は宿屋に雇われた用心棒という設定だ。色々な魔法に対して耐性を持っている人だから、魅了魔法や状態異常の魔法に悩まされることはないんだそう。

どうしたら耐性がつくかは、元々の資質も関わってくるらしいので、詳しい話はまた、ライリー様に聞くつもりだ。

「……マリアベル様、聞いてます？」

話の途中なのに色々なことを考えていたから、言葉を返せていなかったので、テッカ様が口をへの字に曲げて聞いてきた。

「ごめんなさい。もう一度お願いできますか？」

「しょうがないですね」

テッカ様はふうと小さく息を吐いた後、もう一度話をしてくれる。

「ライリー様は、マリアベル様が思っていらっしゃる以上に、あなたのことを大事にされています。ですから、離れたいだなんて言ったら……」

「ど、どうなるんですか？」

「まずは、ここで働けなくなると思います」

「束縛される感じですか？　といっても、この状態がワガママだということは理解していますが……」

平民として過ごしたいだなんて、ありえないことだもの。

平民の暮らしを知るのは悪いことではないと許可してくださった、皇帝陛下とライリー様に感謝しなくちゃ。

それに、テッカ様や騎士の人にもご迷惑をかけている分、しっかり仕事をこなさないといけないわ！

あと、ライリー様を不安にさせるのもよくないわよね。

「ライリー様が不安にならないようにしたらいいのでしょうか？」

「そうですね」

テッカ様は頷いてから、スープを一口分すくって口に入れた。

私はライリー様に何をしてあげられるのかしら。何をしたら不安にならないのか、それも分からない。

ライリー様と一緒にいると、とても気持ちが楽になる。

好きだという感情と、この気持ちが同じなのかは分からないけれど、一緒にいてとても幸せな気持ちになるくらいだから、ビークスとよりを戻したいだなんて思えない。

それに、家族にももう会いたくないわ。

ライリー様はお断りの連絡をすると言ってくれていたし、明日にはその連絡がお父様達のところに届くはずだから、大人しく諦めてくれればいいけれど。

そんなことを思ってから、私も食事を進めることにしたのだった。

＊＊＊＊＊

「お父様、ライリー様からお返事は届きましたか？」

「いや、まだだ。義理の父親になる私に対して、なんて扱いなんだ！」

夕食の席でエルベルに聞かれたゴウクは、忌々しげに答えた後に続ける。

「私がマリアベルの父親だということに変わりはない。マリアベルと会う権利があるはずだ。だから、絶対にマリアベルに会う。そして、その際にエルベルは皇太子殿下にお会いし、今度こそ、お前の魅力を気づかせるんだ！」

「任せてください！　同じ失敗は二度といたしませんわ！」

エルベルに力強く言われたゴウクは、こめかみを押さえて考え、そして閃いた。

「返事など待っていられない。マリアベルに会いに行こう。遠路はるばる訪ねてきた皇太子妃の家族を門前払いするわけがないだろうからな」

「旅行ですね！」

ゴウクの提案を聞いたエルベルは嬉しそうに頷いた。

＊＊＊＊＊

ロバートさんからビークスの真意を聞いた次の日、ビークスが旅行に出かけたという情報を教えてもらった。

傷心旅行にでも出たのかしら、と私は呑気に考えていた。数日後、急にライリー様から呼び出され、私の部屋まで迎えに来てくれたソニア様と一緒に皇宮に向かうと、とんでもない話を聞かされた。

「父とエルベルとビークスがこちらに来ている？」

「ああ。３人が旅に出たのは知っていたが、本当にやって来るとは思わなかった」

ライリー様は小さく息を吐いた後に聞いてくる。

「……どうする？　会いたいか？」

「いいえ。会わないといけないにしても、いつか行われるお披露目パーティーの時でかまいません。ですから、もし訪ねてきているなら、帰るように伝えていただけますか？」

「分かった」

ライリー様が頷くと、フィーゴ様とソニア様が、その命令を伝えるためか、一礼して部屋を出ていった。

2人きりになった部屋で、私はライリー様に深々と頭を下げる。

「ご迷惑をおかけして申し訳ございません」

「マリアベルが謝る必要はないだろ」

「……追い出されたとはいえ、家族ですから」

「魅了のことを聞いた以上、簡単には切り捨てられないか？」

ライリー様は仕事の手を止めて立ち上がると、執務机の前に立っていた私に近づいて、大きな手で私の左頬を撫でて聞いてきた。

「お父様が少しは後悔や反省をしてくださっているのなら話は別ですが、それは分からないでしょう？」

「そうだな。魅了にかかっていない時の様子が分からない。エルベル嬢と長い間離れてみたら、魅了の効果が薄れるかもしれないが……」

「エルベルがそんなことをさせるとは思えません。自分の魅了が上手くいっていないことに、さすがに気がついていると思いますので、自分から遠ざけることはないと思うんです」

「彼女は、俺にも魅了をかけられると思っているんだろうな」

ライリー様は鼻で笑った後、私の頬から手を離し、優しく微笑む。

「今回はお帰りいただいて、お披露目パーティーで返り討ちにしてやるか」

「本当に、大丈夫ですか？」

「何がだ？」

「エルベルは可愛いですよ？」

「可愛いだけでは好きにならないだろ。可愛い人間なんてたくさんいるんだから。顔が良いのはソニアで見慣れてる」

「ソニア様とエルベルはタイプが違いますよ。それに、エルベルには魅了魔法があります」

私はなんでこんなに必死になっているのかしら。自分でも理由は分からない。でも、言わずにはいられなかった。すると、ライリー様が満面の笑みを浮かべて尋ねてくる。

「もしかして、俺がエルベル嬢の魅了に引っかかるかもしれないと心配してくれてるのか？」

「ライリー様を信用していないというわけではありません」

「いや、そういう意味じゃなくてだな」

「どういう意味でしょう？」

ライリー様が何を言おうとされているのか分からない。だから、つい眉根を寄せて聞き返すと、ライリー様は困ったような顔をする。

「自覚していないのか、本気で俺のことをどうとも思っていないのか、どっちなんだ」

「何の話ですか？」

一体どういうことなの？　私が賢くないから理解できないだけ？

そう思って聞き返すと、ライリー様はこめかみを押さえながらため息を吐く。

「まあいい。どっちにしても、俺にとって悪い感情じゃないからな」

「ライリー様に悪い感情なんて持ちません」

「正直にいえば、皇太子に対して悪感情は持てない、だろ？」

「どうして、そんな意地悪な言い方をされるんですか」

「意地悪だからだろ」

「分かっていらっしゃるんなら、意地悪するのはやめてください」

「反応が面白いから。いや、可愛いと言った方がいいのか？」

にやりと笑うライリー様を軽く睨んだ後、こんなことを話している場合じゃないことを思い出して尋ねる。

「お披露目パーティーには、どのくらいの人数を呼ぶのでしょうか？」

「君の家族は呼ばざるを得ないだろう。あとは、君が呼びたい人を好きなだけ呼べばいい。招待しないと失礼にあたる人達に関しては俺の方がピックアップしているから」

「ありがとうございます」

「それから、これからは宿屋での仕事はできなくなるだろう。だから、代わりの人間を探そうと思う」

そのことについては考えていた。

期間限定なのだから、いつかは辞める日が来るし、あとは知りません、さようなら、ではいけないと思っていた。

「その点につきましては大丈夫です。ただ、少しだけお時間もらえませんか？　お披露目パーティーはたしか、もう少し先ですよね？」

「今から招待客をリストアップするからな。君の希望日に合わせるが？」

「でしたら、ちょっと相手の方に確認をしてもいいですか？」

「後任の目星がついてるのか？」

「はい。実は……」

私の後任にティルさんが名乗りを上げてくれていることを話し、彼女がすぐに転職できるとは思えないので、いつなら都合が良さそうなのか確認すると伝えた。

元々ティルさんは、人を助ける仕事をしたくて役場に入ったらしいのだけれど、自分はデスクワークよりも接客業の方が向いていると気がついたらしく、私がいつか辞めなければいけない話をすると、代わりに働きたいと申し出てくれていたのだ。

かといって、引き継ぎなどもあるだろうから、今すぐに辞めるのは無理だろうし、役場の方にも迷惑をかけてしまうから相談してみないと。

……そういえば、お父様達が来ていたことをすっかり忘れてたわ。すんなり帰ってくれたのかしら?

＊＊＊＊＊

宮殿の門の前でしばらく待たされていたゴウク達だったが、馬に乗った伝令係の姿が見えると、エルベルは笑顔で言った。

「やっと中に入れてもらえるのね！　皇太子妃候補の私を中に入れないだなんておかしいもの」

「まだそうだと決まったわけじゃないだろ。君には僕がいるじゃないか」

ビークスが不満そうに言うと、エルベルは彼にしなだれかかり上目遣いで言う。

「怒らないでほしいわ。大丈夫。あなたにはお姉様がいるじゃない」

「そ、それは……」

家に帰ればマリアベルが気になるビークスだが、今、この場では、エルベルにしか興味がないため、彼は困ったような顔をした。

その時、伝令係が彼女達に近寄ってくるなり、きっぱりと言った。

「謁見(えっけん)は認められませんでした」

「……は？」

ゴウクだけでなく、エルベルとビークスも目を丸くして聞き返した。

すると、伝令係はもう一度大きな声で言った。

「謁見は認められませんでしたので、お帰りください」

そう言うと、伝令係は一礼して、ゴウク達の返事を待たずに去っていったのだった。

＊＊＊＊＊

基本、大事な場所を守る兵士は、状態異常魔法に耐性のあるものしか配備されないし、通常の魅了魔法はエルベルのような強い効力を発揮するわけではないので、たとえ耐性のない人が守っていても、普通ならば良識が勝つため、魅了に惑わされることはないのだそう。

　私が近くにいないことにより、エルベルの場合も魅了魔法の力が弱まっているから、抵抗しようと思えばしやすくなっていることは確かなので、伝令係の人にどうだったか聞くと、「とても可愛らしい人でした」という感想だけだった。

　エルベルと接触する時間が長いほど、魅了魔法は効いてくる感じで、接触しなければ効果も薄いのではないかとライリー様は教えてくれた。

　もう少し様子を見て、彼女を好きだという人達が減っていけば、私の仮説は間違っていないことになると思う。

　ただ、そうなると、私はかなり厄介な人間になるのよね。

　魔法を使える人間は少ないといってもゼロではない。だから、無意識にエルベルの魔法を強化してしまったように、誰かの状態異常の魔法の効果を私がより強力なものにしてしまっていた可能性がある。

　私が関わると、魅了に耐性のある人達でも惑わされそうになるし、状態異常を無効化する魔法も役に立たないみたいだから、ソニア様に鑑定してもらい、コントロールできるようになって本当に助かった。

もし、ライリー様に見つけてもらわなければ、私はどうなっていたのかしら？ ビークスとの結婚はありえなかっただろうけれど、エルベルに無意識のうちにいいように使われていたかもしれない。

お父様は魔力が皆無のようだから、私やエルベルが魔法を使えるだなんて、言わない限りは気づかないだろうし、対処もできないはず。

もしかしたら、フィーゴ様のように、幼い頃に魔法が使えることが発覚して、魔力がコントロールできるようになるまでは監禁されたりしている人も、公になっていないだけで、いるのかもしれない。

ライリー様は、魔力をコントロールしなければならないほどの魔力を持つ人はそういないし、皇太子の周りだから多く集まっているとは言っておられたけれど……。

私の家族だから門兵も連絡をくれただけで、次からは、家族が押しかけてきても、ライリー様にも私にも連絡はせずに帰ってもらってよいという話をした。

あと、当たり前だけれど、約束もなしに皇太子に面会だなんて、普通はありえない。

もし、何度も来るようなら、処罰すると脅してもらわないといけないけれど、皇太子妃の家族なんだから、そこまでされないようにちゃんとしてほしいわ。

今日はこっちにいることになったので、ライリー様の仕事のお手伝いをしていると、ライリー様が仕事の手を止めて話しかけてきた。

「マリアベルには、親戚で信用できる人物はいるのか？」

「……母方の方でしたら、祖母がまだ健在で、私のことも可愛がってくれていました。父と仲が良くないこともあり、最近は会えていないのですが、手紙のやり取りはしています」

「なら、君は祖母の養子になった方がいいかもしれないな」

「どういうことですか？」

「今の段階では、君と父親との家族関係は切れていない」

「……祖母の養子になれば、親子の縁は切れるということですか」

ライリー様の言いたいことが分かって、確認のために尋ねると、ライリー様は頷いてくれてから言う。

「君の父親だから、ということで、シュミル伯爵に好き勝手されても困る」

「今日みたいなことですね？」

「そうだ。皇太子妃になる人間の家族だと言われて、門番が彼らを追い返してもいいのか決めあぐねたように、それ以外のことで君の名前を使われては困るし、君の評判も落ちる」

「祖母の養子になるだけで印象は変わるでしょうか？」

「それでも文句を言う人間はいるだろうが、こんな家族だから祖母の養子になったと答えてもいいだろ」

ライリー様の答えを聞いて、少し悩んでから首を縦に振る。

「お祖母様に確認してみます。皇太子妃候補に選ばれたことをとても光栄だと喜んでくれているので、嫌がらずに養子にしてくださるとは思うんですが……」

本当はそれだけではなく、心配もしてくれているのだけれど、今は言わないでおく。

「そのことについて、父は認めてくれるでしょうか？」

「認めるようにさせる。大体、二度と顔を見せるなと言ったのは向こうだろ？」

「皇太子妃の父親という名誉ある立場を手放すとは思えないんです」

「普通はそうだろうな」

ライリー様は何か考えがあるのか、小さく頷いてから話題を変える。

「君のお祖母様をこちらに呼び寄せたいのだが、今は他の家族と暮らしておられるのか？」

「いいえ。何人かの使用人と小さな家で暮らしているそうです」

「なら、余計に呼び寄せた方がよさそうだな。養子の話がなくても、今の段階でも危険なことに変わりはない」

「……人質にとろうだなんて考える人がいるんでしょうか？」

急に怖くなって尋ねると、ライリー様は苦笑する。

「そんなことをすると皇帝陛下にも喧嘩を売ることになるから、よっぽどじゃないとありえないとは思うが、一応な……」

「私の家族の場合は元々、護衛はついていますから、保護する必要はないということですね」

「あと、お祖母様の場合は、君の現在のお父上や妹が何を言うか分からない。君とやり取りをしていることを知ったら、余計に接触しようとするだろうしな」

「門前払いを続けていたら、そのうち、さすがにお祖母様のことを思い出すでしょうしね」

「父方の祖父母や親戚に関してはいいのか？」

「祖父母は亡くなっていますし、他の親戚とは深いつき合いはなかったので……。ただ、全く相手にしないというのはやめておこうと思います」

そこまで言って、祖母の養子になったりしたら、私は貴族じゃなくなることを思い出した。

「祖母に爵位はありません。祖父は元々は伯爵で、その爵位は私の伯父が継いでいます」

「そうか。……なら、今更で悪いが、伯父との仲はどうなんだ？」

「良くも悪くもないといった感じです。伯父も父を嫌っていますので、私との関わりはほとんどありません」

「連絡もとってないのか？」

「今回、おめでとうというお祝いの手紙はもらいましたが……」

「分かった。ありがとう」

養子という話には驚いたけれど、家族の繋がりがなくなってしまえば、お父様達は私の名前で大きな顔はできなくなる。

育ての親ということになるけれど、私はお父様にとっては娘ではないみたいだし、冷たい言い方をするけれど、もう気にしなくていいわよね？

ただ、エルベルの魔法が本来の効果程度になり、お父様が正気に戻られた時は冷たい態度を取り続けるのもどうかと思うのよね……。

＊＊＊＊＊

追い返され、近くの宿屋に向かう馬車の中で、ゴウクはイライラしながら言う。

「どうして、父親が娘の婚約者に会うこともできないんだ！」

「相手は皇太子殿下ですからね。今度はマリアベルに面会を求めてみてはどうでしょう？」

ビークスが提案すると、ゴウクは叫ぶ。

「今回のことで警戒しているだろうから、絶対に会おうとはせんだろう！　お前は娘ではないと言ってしまったしな」

「でも、本当の父親なんですよ？」

「そう思っていたら、皇太子殿下は無理でも、マリアベルは会ってくれただろう」

イライラしている父と、オロオロしている姉の元婚約者を見ながら、エルベルは思う。

どうして、ここ最近、自分に対する周りの目が冷たくなってきたのだろうかと。

今だってそうだ。

2人は彼女を放ったらかして話をしている。

そして、すぐに気がついた。

自分は、姉がいたからこそ、チヤホヤされていたのだと。

ただ、残念なことにエルベルは、マリアベルが魔法を使えるだなんて、ちっとも思っていなかった。

なぜなら、魔法を使える人間はエリートで、帝国の中でも1割にも満たないから。

エルベルの中では、マリアベルは自分を引き立たせるための道具であり、優秀な人間であってはいけなかった。

（私の魅力に気づけないのは、お姉様しか見ていないからだわ。どうにかして、皇太子殿下に私の良さを知ってもらわないと）

自分が魅了魔法を使えていると自覚したエルベルは、馬車の中で考えを巡らせたのだった。

＊＊＊＊＊

私の養子の話はすんなり進んだ。

皇太子の妃になる人が平民だと、やはり世間体的に良くないため、伯父の家の養子になることが決まった。

シュミル家から出て、伯父の家の養子になる理由は、父が私を追い出したことと、私の名前を使って好き勝手しようとしていることだ。

娘が皇太子妃に選ばれたのであれば、娘が恥をかくことのないように自分達も気をつけようと多くの人は考えそうなのだけれど、家族は違ったためだ。

私が離れたことにより、父の考え方は少しずつマシになってきているようだけれど、エルベルは違った。帝国内の宿で、私の名前を使って特別待遇を要求したりしたらしく、それを聞いた時は本当に恥ずかしかった。

お父様は私を追い出したことを単なる親子喧嘩だと訴えたけれど、私は認めなかった。

もし、関係を修復できるとすれば、エルベルが嫁に行くなりして家を出てからでないと無理だと思った。

魅了魔法がかかっていたとはいえ、私を家から追い出したことや、お父様がトランクケースに入れていた手紙も子供に対する仕打ちではないと判断された。そして、今の父が最終的にいつか皇后になる私の父としてはふさわしくないと皇帝陛下が発言され、今回の養子縁組を決定された。

これで私とエルベル達との縁は切れたはず……なんだけれど、お父様はまだしも、エルベルがこのまま諦めるとは思えなかった。

宿屋に行く日々は、ティルさんが働けるようになるまでは続いていた。エルベルはそれを知るはずもないし、彼女とビークスは家には帰らず、宮殿近くの宿での生活を送っていたから、私と出会うことは絶対にありえなかった。

私の新しいお父様になってくれた伯父は、自分の子供達のことを気にかけるようになってから、自分達からシュミル家には連絡しないようにしていたとのことだった。

お母様が亡くなってしまったから、お父様とは本当の他人という感覚に陥ってしまったみたいだった。

別にそのことに関しては、大して気にしていない。

私だって、今まで親戚に会いたいと思うことはなかったので、その点については、お互い様だと思うし、目の前にある自分の生活が大事だという気持ちはすごく分かる。

新しい家族は、伯父様とその奥様。

それから、私より3歳と1歳年上の兄が2人で、養子になる際に、久しぶりに顔を合わせた。

私もそうだけれど、4人共に、私に対する記憶はほとんどなく、それだけ会っていなかったことを感じさせられた。

そして、その日から、私はマリアベル・シュミルではなく、マリアベル・ティアル伯爵令嬢として、世間に名前が公表された。

ティアル家の人には、皇太子妃の家族になるというメリットがあるとはいえ、こんな私を養女にしてくれたことを本当にありがたく思った。

そうこうしている間に日にちは過ぎ、あまりの忙しさでエルベルのことを忘れかけていた頃、新たな厄介事が舞い込んできた。

それは、とある公爵令嬢からの、どうしても話したいことがあるので時間をもらえないかというお願いだった。

皇太子妃候補ともなると、覚えないといけない人が多すぎて頭がパンクしそうになっていた。

でも、さすがに公爵令嬢の名前は覚えていた。

カエラ・キラック公爵令嬢。

皇帝陛下が統治している国の一つ、ルキエラ国の公爵令嬢で、私より3歳年下の15歳。まだお会いしたことがないので、どんな方かは分からないけれど、ルキエラ国では一番力のある公爵家の令嬢とのことで、私に会いたがっている理由は、媚(こび)を売るためかと思った。けれど、ライリー様の側近の一人で治癒魔法が使えるハインツ様が、そうではないと教えてくれた。

「キラック公爵令嬢はライリー様のことが好きなんです」

「……え？」

思いもよらなかった言葉に、間抜けな声で聞き返してしまった。

現在、お披露目パーティーの際に踊るダンスの猛特訓中で、ライリー様やフィーゴ様が忙しいため、彼らと背丈の変わらないハインツ様がお相手を務めてくれていた。

他にも相手がいるでしょうに、と思うのだけれど、ライリー様が私を任せられる相手がハインツ様しかいなかったから、そうなってしまった。

今日のダンスの特訓が終わったところで、お茶を飲みながら、少しだけ話をすることになり、今に至る。

水色の長い髪を後ろに一つにまとめた、女性的な柔らかい雰囲気を醸し出すハインツ様は、私よりも10歳年上で既婚者でいらっしゃる。

奥様とハインツ様は今は別々に暮らしているのだけれど、私が皇太子妃になれば、奥様が私の侍女になって一緒に住めるとのことで、ハインツ様にはその件で、とても感謝されている。

そして、その奥様から手紙で色々と噂話を聞いているらしく、これから話す内容もほとんどは奥様から教えてもらったことだ、と前置きしてから話し始めた。

「キラック公爵令嬢がライリー様に想いを寄せていらっしゃるのは有名だそうです。ですが、彼女には婚約者がいらっしゃるため、思いを打ち明けられた際に、ライリー様はお断りされたんです」

「えーと、では、キラック公爵令嬢は婚約者ができた後に、ライリー様を好きになったということでしょうか？」

「そうみたいですね」

「あの、どうしてライリー様は皇太子妃をもっと早く選ばなかったのでしょうか？」

ずっと気になっていたことを口にしてみると、ハインツ様は苦笑する。

「ライリー様は人を疑ってかかる癖がおありです。子供の時に婚約者を決めてしまうと、成長していく間に、どうなるか分からないというのが嫌だったようで、ある程度、相手の人となりが分かる年齢になってから婚約者を決めようとされたわけです」

「そういえば、わざわざ子供の姿になって、本性を見極めようとされておられましたものね」

「そうでしたね。まあ、そうしているうちに、同年代の公爵令嬢ともなりますと、婚約者が決まりますよね」

「それはそうですね」

適齢期になって婚約者を探そうと思ったら、その頃には、ほとんどの高位貴族の令嬢には婚約者がいたというわけね。

「そういうところは抜けておられますよね。まあ、陛下も好きなようにさせておられましたし、ライリー様はマリアベル様に出会えたわけですから、結果的には良かったということで」

「……そうですね。そうでなければ私はここにいないですし。で、キラック公爵令嬢はどんな方なのですか？」

「私達の前では、とても可愛らしいご令嬢です。優しくて物腰が柔らかで……」

「私達の前では、というと？」

珍しく嫌な言い方をされたのが気になって尋ねると、ハインツ様はまた苦笑する。

「実はこんな噂がありまして……」

ハインツ様から聞かされた話は、できればただの嘘であってほしいものだった。

＊＊＊＊＊

ビークスは、宿屋の一室のベッドに横になってばかりの日々を送っていた。

マリアベルが彼女の伯父の養女になったと聞いた時は目の前が真っ暗になり、それからは何かをする気力がなくなってしまったのだ。

（エルベルは可愛いし、今でも好きだ。それなのに、マリアベルのことがやっぱり気になってしょうがない）

ゴウクは仕事があると言って帰ってしまったし、エルベルは人に迷惑をかけるだけで、役に立たない。

マリアベルに会う方法といえば、近々行われるお披露目パーティーだったのだが、エルベルがマリアベルの妹ではなくなってしまったため、パーティーにも出席できない。

大きくため息を吐いたビークスだったが、部屋の扉を誰かに叩かれて、慌てて上半身を起こす。

「誰だ？」

「あの、お客様がいらっしゃっています」

「……お客様？　もしかして、ダークブルーの髪の女性か⁉」

マリアベルが会いに来てくれたと思い込んだビークスだったが、扉の向こうの男性らしき人物はそれを否定する。

「いいえ。鮮やかなピンク色の髪の女性です。自分のことを公爵令嬢だと言っておられます」

「公爵令嬢？　どうして、そんな人が僕に……？」

公爵令嬢に知り合いはいないビークスだったが、とりあえず、その客に会ってみることにしたのだった。

4章　皇太子妃候補と浅はかな公爵令嬢

「はじめまして。マリアベル様にお会いできて光栄に存じます。わたくし、カエラ・キラックと申します。本日はお時間をいただき、誠にありがとうございます」

ピンク色の髪をツインテールにした、小柄で吊り目の聡明そうな美少女は、髪よりは薄いピンク色のドレスの裾を持ち、これぞお手本と言わんばかりの優雅なカーテシーを見せてくれた。

「こちらこそはじめまして。キラック公爵令嬢にお会いできて嬉しいですわ」

連絡をもらってから10日後、私が指定した日時にキラック公爵令嬢はやってきた。

宮殿内の応接室で、お互いに挨拶を済ませると、メイドがお茶を淹れてくれた。お茶の毒見が終わると、メイドと毒見役の女性は一礼して部屋から出て行く。扉が閉まると、キラック公爵令嬢が話しかけてきた。

「本日は無理なお願いを聞いていただきまして、本当に感謝しておりますの。マリアベル様は懐（ふところ）の深いお方なのですね」

「そんなことはありませんわ。本来ならば、もうすぐお披露目パーティーですから、その時でもよいはずですのに、それよりも前に話したいことがあるということは、よほど急ぎのお話なのでしょう？　ならば、お会いしないわけにはいきませんわよね」

うふふ、おほほと笑みを交わしたけれど、お互いに本当は笑ってなどいないことを感じ取っていた。

私には先入観があるから、そう思えるだけなのかもしれないけど。

とても人当たりが良いという評判の彼女だけれど、ライリー様のことになると人が変わるという話をハインツ様から教えてもらった。

好きな人のことで一生懸命になるのは悪くないとは思う。

だから、私に話したいことがあるだなんて言われてしまうと、絶対にライリー様の件だとしか思えない。

まさか、応援したいとか言うために、わざわざ来たわけじゃないでしょうし。キラック公爵令嬢は私に何を言いたいのかしら。

ライリー様は、私がキラック公爵令嬢と会うのをとても嫌がっていた。

心配してくださる気持ちはありがたいけれど、いつかは彼女と話さないといけない日が来るのなら、さっさと済ませてしまいたいという気持ちが強かった。

それに私は普通の令嬢とは違い、エルベルと比較され続けてきた。嫌なことを言われるのには慣れてしまっているので、腹を立てることはあっても、傷ついて泣いたりするなんてことは考えられなかった。

こういう図太い性格だから、魔力が漏れていても気にならなかったのかしら？

「あの、マリアベル様」

「……何でしょう？」

「ライリー殿下とは、どういう経緯でお知り合いになりましたの？」

「皇太子妃候補を探していると招待された時です」

「ああ、そうですの……」

「そうですわね」

今の段階では、私は皇太子妃候補であって、立場は伯爵令嬢だから、公爵令嬢に対して偉そうな口をきいてはいけないと思われてしまうかもしれないけれど、ライリー様からは許可も得ているし、皇太子妃と変わらない立場で話をさせてもらうことにした。

「キラック公爵令嬢はそのことがお話ししたくて、今日はこちらにいらっしゃったんですか？それくらいでしたら、お手紙で聞いてくだされればよろしかったのに……」

「も、もちろん、それだけじゃありませんわ！　……マリアベル様は意地悪なことを仰られますのね？」

「意地悪するつもりは一切ありませんわ。気を遣ったつもりでしたが、嫌な気持ちにさせてしまったのなら謝ります」

「いえ、そんな！　謝っていただきたいわけではございませんわ」

キラック公爵令嬢は笑みを少しだけ引きつらせた。

エルベルのおかげで、人に対する観察力がついて、少しの表情の変化も見逃さなくなった。

それだけ、神経をすり減らして生きていたのかもしれないと、今となっては思うけれど、すり減らしても平気で生きていけるくらいの図太い神経を持っているということも、この場で改めて自覚した。

「それならよいのですが……。悪いことをしたのであれば謝るのが当たり前ですから」

微笑して言うと、キラック公爵令嬢も口元に笑みを浮かべてから言う。

「悪いことはしないのが一番だと思いますが」

「それは当たり前ですわね。だけど、一度のミスもおかさない人はいないと思いますの」

「皇太子妃ともなるお方がミスをなさるんですか？」

「ええ。恥ずかしながら……。ですが、そのミスを少しでも減らせるように今は修行中ですわ」

人当たりが良い令嬢だなんて本当に噂だけなのね。これだけ敵意を剥き出しにしてくるなんて、人当たりは良くないでしょう。

ライリー様が関わっているから冷静じゃなくなっているにしても酷いわ。大人しい令嬢なら萎縮(いしゅく)してしまうかもしれない。

けれど、残念ながら、私は大人しい令嬢ではない。かといって、売られた喧嘩を買ってもいい立場ではないのよね。軽くいなせるようにしないと。

「ということは、それまでは、マリアベル様とライリー殿下はご結婚なさらないということでしょうか？」

キラック公爵令嬢の話したいことって、この話なのかしら。

まだ結婚するなと言いたいの？

「分かりません。結婚のことについては私が決めることではなく、ライリー様や皇帝陛下がお決めになることだと思いますので」

「ライリー様や皇帝陛下はお優しいですものね。きっとマリアベル様が望んだ日になることでしょう」

「皇帝陛下やライリー様が私情をはさむようなお方だとお思いですか？」

「ち、違いますわ。私はただ、お2人はお優しい方ですから、マリアベル様が望めば……」

「私が望めば、というのは私情をはさむということではないのですか？」

苦笑して尋ねると、少し間があった。

何か言い訳を探していたようだけれど見つからなかったらしく、素直に頭を下げてくる。

「申し訳ございませんでした。失礼な発言でしたわ」

「お気になさらないでください。ですが、そんなことが起きないように、ライリー様にはキラック公爵令嬢が憂慮しておられたとお伝えしておきますね」

「そ、それは……！」

キラック公爵令嬢は立ち上がり、焦った表情で言葉を続ける。

「マリアベル様だからこそお話しできたことなのです」

「私の方からライリー様に伝えてほしいということではなかったのですか？」

笑顔で聞き返すと、キラック公爵令嬢は言葉を詰まらせる。

「そ……、そういうわけではございません」

「では、私に話したいことというのは、何でしょうか？」

息抜きになるかと思ったけれど、そうでもなさそう。早く切り上げて、勉強しなくちゃ。

＊＊＊＊＊

「ねえ、ビークス。先日来ていた公爵令嬢からは連絡があったの？」

「いや、まだだよ」

ビークスの部屋でエルベルは、ベッドの上に座っている彼の横に座り、自分の身体を預けて言う。

「何とかしてほしいわね。そうじゃないと皇太子殿下に会えないんだもの」

「今日、彼女はマリアベルと会うと言っていたよ。だから、連絡があると思う」

この頃のエルベルの魅了魔法は効果がかなり弱まっており、ビークスでも抵抗できるようになっていたため、彼はエルベルの身体を押しやってから答えた。そんな彼に対して眉根を寄せ、エルベルは文句を言う。

「ビークス、あなたまで私に冷たくなったのね！」

「……分からない。君にはもう大した魅力を感じないんだ」

「酷いわ！」

エルベルは立ち上がり、近くにあった枕を手に取り、ビークスに投げつけて叫ぶ。

「あなたがあの時、婚約破棄をしなければ、こんなことにならなかったのに！」

発端は自分だということを忘れて、エルベルはビークスに当たり散らしたのだった。

＊＊＊＊

「お話ししたいことといいますのは……」

キラック公爵令嬢はすとんとソファーに座ると、咳払いをしてから口を開く。

「マリアベル様の元婚約者の方についてです」

「私の元婚約者の話？　どうして、キラック公爵令嬢がそんな話をされるんです？」

「……お会いする機会がありまして」

「いつ知り合われたのですか？　ホールズ伯爵家はルキエラ国にはありませんが？」

私やビークスが住んでいた国はチュトス国だから、彼女との接点なんて基本はないはずなのだけれど？

不思議に思って聞いてみると、キラック公爵令嬢はこの質問は予測していたのか、笑顔で答える。

「父の知り合いから紹介してもらいましたの。お会いしたのも、つい最近のことですわ」

知り合いからなぜ紹介してもらったのかを聞きたい気もするけれど、きっと答えを用意してきているだろうから、敢えて聞かないでおく。

「そうですか。でも、もう私には関係ない方ですわ。もちろん、帝国民の一人として大事にするつもりではありますが」

「それは当たり前の話ですわよね。ただ、一人の男性を悲しませている方が、多くの国民を幸せになんてできるのかと心配になってしまいまして……」

「ホールズ卿が悲しんでいるんですか？」

「そうです！　マリアベル様が彼を捨ててライリー殿下と婚約されたことを悲しんでおられます」

「捨てていませんが？」

「はい？」

「私の方が彼に婚約破棄されたんです。そのあと皇太子妃候補に選ばれたんですが」

「……え？」

お気の毒に。ビークスから嘘を吹き込まれたみたいね。

普通はその話が本当かどうか確認をとるものだと思うけれど、彼女はそれを怠ったのね。

もしくは、彼女が嘘をついている？

それにしても、私が彼を捨てただなんて、どっちの嘘にしたって失礼だわ。

私はそんな人間じゃない。……捨てられる側よ。

「ホールズ卿は本当に自分が捨てられたと言っていたんですか？」

「えっと、そう聞いた気がするのですが、違うんですの？」

「違いますわ。ところで、キラック公爵令嬢は、私をそんな女性だと思っていらっしゃったんですね……」

「そういう意味ではございません！」

「では、そうではないと思ってくださっていた、ということですか？　もしかして、その話が信じられなくて、確かめに来てくださったんですか？」

そんなわけはないだろうけれど、彼女が何か言い返してくる前に、手を合わせて微笑む。

「ありがとうございます。ホールズ卿に関しては、ライリー様に相談して処罰をしてもらいますね」

「ちょ、ちょっとお待ちくださいませ！」

「……何でしょうか？」

「処罰は必要でしょうか？　私の聞き間違いかもしれませんし……」

「……まあ！　キラック公爵令嬢はお優しいんですね！」

ふふ、と笑ってみせると、キラック公爵令嬢は一瞬不思議そうな顔をした後、私の嫌味に気がついたのか、引きつった笑顔を見せた。

キラック公爵令嬢はまだ15歳だから、あまりいじめちゃ可哀想よね。

「では、処罰はやめておきますが、嘘をつかれていたことは確かなようなので、ライリー様には報告させていただきます」

そう言って立ち上がってからキラック公爵令嬢に尋ねる。

「申し訳ございません。もう、よろしいでしょうか？」

「ま、まだ話が終わったわけでは……！」

「では、続きはパーティーの時にでもいかがでしょう？」

「お待ちください、マリアベル様！」

キラック公爵令嬢が立ち上がって叫んだため、足を止めて振り返る。

「何でしょうか？」

「先程の件ですが、私の聞き間違いだと思います。申し訳ございませんでした」

「……」

深々と頭を下げるキラック公爵令嬢を見て考える。

どうして、この人がビークスを庇うの？　さっきの嘘は彼女が勝手についただけで、ビークスは関係ないの？

といっても、公爵令嬢がそれだけの理由で他国の伯爵令息を守ろうとする？

何か理由がありそうね。

「気になさらないでください。ただ、そのお話は他の方にはされていませんよね？」

「も、もちろんでございます！」

「なら良かったです。嘘の噂が社交界に流れたりしたら、あなたを罰しないわけにはいきませんから。あ、もう、頭を上げてくださって結構ですよ」

いつまでもキラック公爵令嬢の後頭部を見たまま話すのも性格が悪いと感じたので、慌てて促すと、キラック公爵令嬢は屈辱と言わんばかりの表情を浮かべて頭を上げたあと、すぐに笑顔を作った。

「マリアベル様の寛容なお心に感謝いたします」

「とんでもありませんわ。では、気をつけてお帰りになってくださいね」

扉を軽く叩くと、外側から扉が開かれ、複数のメイドが、キラック公爵令嬢にお帰り願うと言わんばかりに「ご案内いたします」と頭を下げた。

「……あの、お伝えし忘れたのですが」

キラック公爵令嬢は帰り際に私に向かって話し始める。

「マリアベル様の元婚約者であるホールズ卿を、私の執事の一人として雇うことにいたしました。招待状には同伴者は3人までとありますので、連れてこようと思っております。その際には積もる話などもあるでしょうから、お相手してやってくださいませ」

「話すことなんてありませんわ」

誰を連れてくるかは彼女の勝手だけれど、まさか、ビークスを執事にするだなんて……。

ビークスも一体何を考えてるの？

彼女を見送ってから、このあとの用事は特にないので自室に戻り、ライリー様の空いている時間をメイドに聞いてもらおうと思い声をかけた。

しかし、メイドはすでにキラック公爵令嬢が帰ったことをライリー様に伝えていたようで、ライリー様が私の部屋まで来てくれた。

「どうだった？」

「私の元婚約者とキラック公爵令嬢が接触したようなのですが……」

「宿が同じみたいだな」

「知っていらしたんですか？」

「まだノーマークにするわけにはいかないからな。ただ、接触したことは分かっても、どんな話をしたかは分かっていない」

部屋の中に入ってもらい、私がキラック公爵令嬢からされた話を伝えると、ライリー様は整った顔を歪めて呟く。

「あいつはマリアベルを諦めきれないんだろうか」

「皇太子妃に選ばれた人間を諦めきれないと言われましても困りますよね。それに、魅了がかかっていたとはいえ、私を捨てたんですから、諦めてほしいです」

「……俺は君の気持ちを優先する。どうしても皇太子妃になるのが嫌だと言うのなら……」

「嫌だと言ってもいいんですか？」

「やめてくれ」

「やっぱり選択肢はないじゃないですか」

何度か繰り返しているこのやり取りに苦笑して文句を言うと、ライリー様は話題を変える。

「とにかく、会場に来させるのはいいが、君と元婚約者を接触させせない」

「そんなことができるんですか？」

「できるに決まっているだろ。俺は皇太子だぞ？」

ライリー様はけろりとした顔で言った。

＊＊＊＊

「何なのよ、あの女は！　本当に偉そうだわ！」

「お嬢様、落ち着いてくださいませ」

宮殿から宿に帰る馬車の中で、カエラは向かいに座っている侍女に持っていた扇を投げつけて叫ぶ。

「わたくしのことを馬鹿にしたのよ！　あんな女がライリー殿下の婚約者だなんて、信じられないわ！」

「お嬢様はお美しいのですから、マリアベル様に負けるわけがございません」

扇を投げつけられたにもかかわらず、一切、表情を変えないメイドは、冷たい口調で言葉を続ける。

「マリアベル様の元婚約者だけでなく、元妹も使って、彼女を皇太子妃候補の座から引きずり下ろしましょう」

「そうね、そうよね！　ライリー殿下がわたくしを選んでくだされば、今の婚約者とも婚約解消ができるわ！」

カエラは瞳を輝かせる。足元に落ちた扇を拾い上げたメイドは、そんな彼女を見て口元に笑みを浮かべた。

この時の２人は知らなかった。

エルベルがマリアベルからライリーを奪いたいと思っていることを。

そして、思っている以上にエルベルは賢くないということも。

＊＊＊＊＊

キラック公爵令嬢がやってきた次の日に、ビークスが彼女の執事になり、なんとエルベルが彼女の侍女になった、という話をライリー様から教えてもらった。

エルベル達を監視していた人が、エルベルが宿の食堂で大声で自慢げに話していたのを聞いたのだそう。

エルベルに侍女なんて務まるのかしらと思ったけれど、彼女には魅了魔法があるし、弱まっているとはいえ、女性相手でも魅了魔法は効果があるから、思ったよりも苦労はしないかもしれない。

今日はライリー様の仕事が早く片づいたようで、ダンスの練習につき合ってくださっている。今の話はライリー様が練習しながら教えてくれたので、私はダンスどころではなくなってしまった。

「キラック公爵令嬢に、エルベルが魅了魔法を使えることを教えて差し上げた方がよろしいのでしょうか？」

「知っている以上、何も言わないわけにはいかないだろうな。伝えるようには指示しておくが、彼女も状態異常の耐性はある程度は持っているはずだ」

「高位貴族はそういうものなんですか？」

「命を狙われる可能性が高いからな。俺の場合も子供の頃に何度か命を狙われて、その時は全く眠れなかった。そのこともあり、それ以降はどこかに泊まったことはない。だから、君が働いていた宿屋なんかにも泊まってみたいが……」

「私が働いていたところは、さすがに駄目でしょうけれど、どこかの国に招待された時はどうされるんですか？」

　ダンスの練習のはずなのに、音楽を聴くことも踊ることもせず、私とライリー様は組み合った状態で立ち話を続ける。

「どういうことだ？」

「セキュリティがしっかりしたところなら泊まれるのですか？」

「寝首をかかれないとは限らないだろ」

「……」

　覚悟はしていたけれど、私はそんな危険な世界に足を踏み入れようとしているのね。

「安心しろ、マリアベル。君を危険な目に遭わせるつもりはない。俺は自分よりも、大事な人に何かある方が嫌なんだ」

「私もそうです！　ライリー様が危険な目に遭うのは嫌です」

「……へえ」

ライリー様が笑顔で私を見つめる。

真剣な話をしているのに笑われた理由が分からなくて、私より、頭一つ分くらい背の高い彼を見上げて睨む。

「何が面白いんですか」

「マリアベルが俺のことを大事な人認定してくれたのが嬉しくてな」

「何だか、ライリー様の足を踏まなければいけない魔法にかかりそうです」

「そんな魔法があるのかは知らないが、別にいいぞ。怪我してもハインツに治してもらえるし」

「治癒魔法って、とても魔力がいると聞きましたし、ハインツ様を使わないでください」

「マリアベルが魔法を使ってくれたらいいだろ？」

「……」

ここ最近の私は魔力をコントロールできるようになっていて、気を抜いていても魔力が流れ出ないようになった。

それに、自分が強化魔法を使いたいと思った時にだけ使えるようにもなった。

だから、ハインツ様の治癒魔法も……と言おうとしているんだと思う。

ハインツ様が治療魔法を使わないといけないことになったら、私の力だって惜しみなく使うつもりだ。でも、今回みたいに足をわざと踏んで、ライリー様を骨折させてしまったから治療魔法を使ってもらうのは違う。

「……ライリー様が怪我をしないのが一番です」

「それはそうだな」

ライリー様が私の額にコツンと自分の額を当ててこられたので、胸がドキドキする。

どうしてライリー様は、私をこんなに大事にしてくれるのかしら？

強化魔法が使えるから？　魔力が心地良いから？　私自身のことを好きだからではないのよね？

「そんなに見つめられると照れるだろ」

無言でライリー様を見つめると、視線を逸らされる。

「……ライリー様はどうして私を選んでくださったんですか？」

「……どうしてそんな話をするんだよ」

額を当てたままライリー様が会話を続けるので、私もそのままの状態で言葉を返す。

「ふと気になっただけです」

「……答えていいか？」

「やっぱり聞かないでおくことにします」

「何でだよ！」

「知らないこともあった方がいいかと」

「腹立つな。まあいい。結婚したら嫌になるくらい教えてやる」

「どうして、結婚してからじゃないと駄目なんですか？」

「……してもいいならするけど」

そう言って、ライリー様は額を離したかと思うと、私の右頬に大きな手を当てた。

いつも剣やペンを握っているからか、とても硬い肌触りの手だった。

「何をですか？」

ライリー様の目を見つめると、いつも以上に真剣な眼差しだったので、さっきとは比べ物にならないくらいにドキドキした。

ライリー様の顔が少しずつ近づき、私の鼻とライリー様の鼻が触れた時だった。

「んっ、んんっ！　おっほん！」

咳払いが聞こえて、私とライリー様はすごい勢いで距離を取った。

忘れていたわ。ここにいたのは私達だけじゃなかった。

「……踊るか」

「そうですね」

照れた顔で促してきたライリー様に私が頷くと、少し離れた場所で見守ってくれていたダンスの先生や護衛の騎士達はホッとしたような顔をした。

邪魔してはいけないと思いながらも、勝手にこの場所から出てはいけないし、あとから見られていたことに気がついた時のことを考えて、止めてくれたんでしょうね。

私ったら、今、受け入れようとしていなかった!?　というか、キスしようとしていたわよね!?

「――っ」

止めてもらえなかったら、今頃はどうなっていたのかしら!?

私は意識してぎくしゃくしているのに、ライリー様は何事もなかったような表情で、音楽に合わせて踊り始めた。

けれど、私の動揺はおさまっていないから、足を踏む魔法がかかっているわけじゃないのに、何度もライリー様の足を踏んでしまった。

「……そういえば、パーティーの時にビークスと私が話せないようにしてくださるとのことでしたけれど、上手くいきそうですか？」

「心配するな。俺に任せとけ」

「どんなふうになるかだけでも、教えてもらえませんか？」

上目遣いでおねだりすると、ライリー様は満面の笑みを浮かべて「踊り終えたあとに言う。だから、今はダンスに集中してくれ」と言った。

そんなお願いをしてくるなんて、よっぽど痛かったのね……。

猛省して、私はダンスの練習に集中することにした。

＊＊＊＊＊

一方、その頃、エルベルの魅了魔法に気づいていないカエラは、エルベルを雇ったことを後悔していた。

クビにしようか迷うが、マリアベルに今まで一番近い位置にいたのはエルベルであるし、わざわざ学園を辞めさせてまで自分の国に連れてきたこともあったため、心情的にそう簡単に辞めさせることはできなかった。

何より、まだ1日目だ。

そう思い、様子を見ていたのだが……。

「エルベル、本棚から本を取ってきてちょうだい。魔法に関する本よ」

カエラにお願いされたエルベルは近くにいたメイドに言う。

「本を取ってきて差し上げて」

「分かりました！」

エルベルは魅了魔法を存分に発揮して、楽をしようとしていた。

「エルベル、どうしてあなたが持ってこないの！」

「私が持ってきても、誰が持ってきても一緒ですわ」

「そういう問題ではないの。あなたに頼んだのよ」

「私が取ってきたら何か良いことがあるんですか？」

エルベルが首を傾げると、カエラは大きく息を吐いて、手元に置いていたベルを鳴らした。

「お呼びでしょうか、お嬢様」

執事服姿のビークスが現れると、カエラはエルベルを指差して叫ぶ。

「彼女をしっかり教育して！」

「教育……ですか？」

「そうよ！　マリアベル様の弱みを握りたくて雇ったのに、何も教えてくれない上に、侍女としても役に立たないのよ！」

「そうなんです。私はお姉様の弱点をあなたに教えて差し上げるために侍女になったんです。ですから、それ以外の仕事はしたくありません！」

エルベルの上から目線の口調が気になったが、マリアベルを潰すことに重きを置いているカエラは、エルベルの態度には目をつぶることにして尋ねる。

「で、マリアベル様の弱点というのは？」

「私よりも可愛くないということです！」

ドーンと胸を張って言うエルベルに、カエラだけでなく、ビークスも呆れ返ってしまったのだった。

＊＊＊＊＊

月日はあっという間に過ぎて、お披露目パーティーの当日がやってきた。

その日は朝から、身体を念入りに洗われ、ドレスに着替えさせられ、髪を整えられたりと大変だった。

パーティーに出席するのだから、これくらいは当たり前なのかもしれないけれど、いつもよりも念入りに整えられたせいか、パーティー前から精神、体力共に疲れてしまった。

皇后陛下から、こうなるだろうという話を事前に聞いていたので覚悟していたからよかったけれど、何も知らなかったら逃げ出したくなっていたかもしれない。

キス未遂事件からライリー様は、私に対して今まで以上に積極的になってきたので、今日は心臓がもつかどうか心配だわ。

ライリー様に私のどこが良いのかと聞いても「性格も顔も好きだ」としか教えてくれないし。何かエピソードがあって、その時に好きになったとかならまだしも……。

一目惚れだったり？　私に？　まさかね。ライリー様の好きは、きっと人間としての好きであって、恋での好きじゃない。

それについては、ちゃんと気持ちの線引きをしておかないといけないわ。

「マリアベル様、皇太子殿下がお待ちです」

時間が近づいてきたのか、ライリー様が迎えに来てくれたようだった。メイド達はニコニコ笑顔で私の背中を押してくれる。

ダンスのステップの乱れが分かりにくいように、裾の長いダークブルーのプリンセスラインのドレスにしてもらったから、少し歩きにくい。

でも、しょうがないわ。だって、今日の主役は私とライリー様だから、絶対に注目を浴びるもの。

色んな人が招待されていて、私の新しい家族はもちろんのこと、セイラさん達も来てくれることになっている。

ロバートさんは今日は本業を休んで、宿の仕事に回ってくれているから来ていない。

でも、ティルさんと一緒に仕事ができるんだったら、こっちのパーティーよりも仕事の方が魅力的だろうからいいわよね？

ロバートさんにはとてもお世話になったから、改めてティルさんと一緒に宮殿に呼べたら良いな、なんて思っている。

「マリアベル様！　また上の空になっておられます！」

メイドに言われ、ライリー様が待っていることを思い出して、慌てて部屋の外に出た。

今日は長い髪をシニヨンにしているから、首元がスカスカする気がして嫌だわ。

なんて、またそんなどうでもいいことを考えた後、ライリー様にお詫びしようとして動きを止めた。

黒のタキシード姿のライリー様はフィーゴ様と話をしていて、私が出てきたことに気づいていなかった。

フィーゴ様は今日のパーティーなどに出席しないので、普段と変わらない姿だけれど、今日のライリー様は正装しているだけでなく、髪型も変えていて、それはまた違った雰囲気で素敵だった。

顔が良い人って、何を着ても、どんな髪型をしていても、顔が良いのね！

と当たり前のことを考えていると、ライリー様が私に気づいて笑顔を見せた。

「マリアベル！　驚いたな！　全然、イメージが違う。とても綺麗だ」

「それはこちらの台詞です。ライリー様もイメージが違いすぎて驚きです。……それよりも、お待たせして申し訳ございませんでした」

「こんな綺麗なマリアベルが見られるなら、待ち時間も苦にならない」

「綺麗じゃない私が出てきたら、苦になっていたわけですか」

自分でも可愛くないことを言ってしまったと気づき、慌てて謝ろうとすると、ライリー様はにっと笑う。

「綺麗じゃないマリアベルは、可愛いマリアベルってことだろ？　だから待てる」

「綺麗でも可愛いわけでもない私だったらどうするんですか！」

「俺にとってはマリアベルが一番だから苦じゃない」

「ぐぬぬ」

「皇太子妃がぐぬぬは駄目だぞ。まあ、身内だけの前なら許せるが」

「申し訳ございません。以後気をつけます」

普段言わないような言葉が出てしまったのは、それだけ緊張してしまっているからなのかもしれない。

「マリアベル様、本当にお綺麗です！」

　フィーゴ様がパチパチと手を叩いてくれたので、お礼を言おうとしたけれど、ライリー様が私とフィーゴ様の間に入ってくる。

「お前は見るな」

「どうしてですか！」

「お前と俺の顔は似ているんだろ？　マリアベルがお前に夢中になったら困る」

　子供みたいなことを言うライリー様に呆れてしまい、小さくため息を吐く。

「ライリー様、私をなんだと思っているんですか。別に顔で選んでるわけじゃないんですから！」

「それはそうだろうけど」

「束縛や独占欲が強すぎると嫌がられますから、気をつけた方がいいですよ」

　フィーゴ様にそう言われて、ライリー様は少しだけショックを受けた顔をした後、「悪かった」とフィーゴ様に謝り、私に手を差し出してくる。

「エスコートしてもいいか？」

「してもらわないと困ります」

　苦笑して白手袋をしたライリー様の手に自分の手を置いた。

パーティーは予定通りの時刻に開始され、スピーチも噛むことなく、無事に言い終えることができた。

私にとって、これが一番の難関だったので、肩の荷が下りたような気がした。

あとは招待客から挨拶してもらい、ライリー様とダンスを踊るだけなんだけれど、私達に挨拶したいという人が多すぎて大変だった。

私とライリー様が並んで座っている前には行列ができて、一人ひとりが挨拶しては入れ替わっていく。

「覚えていらっしゃらないかと思いますが、マリアベル様が1歳になられるまで、お母様の侍女をしておりました」

全く覚えてないわ。

「マリアベル様には学園の廊下でハンカチを拾っていただき……」

これも全く覚えてないわ。

と、こんな感じで、些細な出来事で私との関わりを訴えてくる人達が、あとを絶たなくて、笑顔が引きつりそうになっていた時だった。

列の中にキラック公爵令嬢の姿が見えた。

ビークスやエルベルがいるかと思ってドキドキしたけれど、パッと見た限りでは姿は見えなかった。

ちらりとライリー様の方を見ると、大丈夫だと言わんばかりに笑顔を見せてくれた。

＊＊＊＊＊

パーティーが始まる少し前のこと。

カエラがパーティー会場にビークス達を連れて入場しようとすると、受付で止められた。

「申し訳ございませんが、１枚の招待状で、お連れ様は１名までの入場となっております」

「なんですって⁉」

「カエラ、僕と君が入ればそれでいいじゃないか。執事と侍女までパーティーに連れてくるなんておかしいんだから」

カエラの婚約者は当たり前のようにそう言ったが、カエラは引き下がらなかった。

「招待客は合わせて４人までは入れるはずですわ！」

「残りのお２人は別会場にご案内させていただきます」

「べ、別会場ですって⁉」

「本日はたくさんの方にご来場いただいておりますので、会場を２つに分けさせていただいております。そのことにつきましては皆様にご理解いただいております」

受付係はそう答えると、後ろに控えていた男性に命じる。

「お2人を別会場にご案内するように。……キラック公爵令嬢とその婚約者であるオブモ侯爵令息がご来場です！」

カエラが何か言う前に受付の人間が叫び、会場内の視線がカエラ達に集まった。

そのため、カエラは婚約者に連れられ、会場内に入るしかなくなった。

「ちょ、ちょっと待って！　私達はどうなるの⁉」

「そうです！　僕らはどうしてもマリアベルに会わないといけないのに！」

エルベルとビークスが叫んだが、聞き入れてもらえるはずもなく、強制的に別会場へと案内されたのだった。

＊＊＊＊＊

「皇太子殿下とマリアベル様にご挨拶申し上げます」

キラック公爵令嬢とオブモ侯爵令息の番になり、2人は私とライリー様に向かってお辞儀をした。

顔を上げたキラック公爵令嬢の笑みが、どことなく引きつって見えるのは、ライリー様の考えた案が成功したということなのでしょうね。

「この度はご婚約おめでとうございます」

オブモ侯爵令息は、キラック公爵令嬢がライリー様に想いを寄せていることを知らない、もしくは知っていてもキラック公爵令嬢がライリー様に相手にされていないと知っている。もしくは、腹は立てているけれど顔に出さないだけなのか、特に感情を見せる様子もなく、私とライリー様にお祝いの言葉を述べてくれた。

「ありがとうございます」

「ありがとう」

私とライリー様が言葉を返すと、満足したようにオブモ侯爵令息は去っていこうとしたのだけれど、キラック公爵令嬢はその場を動こうとしなかった。

「カエラ嬢、何をしているんだ。次の人の邪魔だろう。早く行こう」

オブモ侯爵令息は訝しげな顔をして注意したけれど、キラック公爵令嬢はそれを無視して、私に話しかけてくる。

「勝手なお願いだと分かってはおりますが、マリアベル様にお話させていただきたいことがあるんです。後ほど、お時間をいただくことはできませんでしょうか」

「申し訳ないのだけど、その時間はないと思われますので、今、この場でお話しいただけますか?」

何の話をするつもりなのか分からないけれど、どうせ良い話ではないだろうから、今聞いてしまおうと思って促す。すると、キラック公爵令嬢は人目を気にするように周りを見回してから首を横に振る。

「人が多すぎて話せませんわ」

「マリアベルに何の用だ。気になるから言え」

ライリー様が命令すると、キラック公爵令嬢はまた首を横に振る。

「先程も申しました通り、この場では人が多すぎて口にはできません」

「では、どこでなら話せるんだ?」

ライリー様が不機嫌そうに尋ねると、彼女は焦った顔をする。

「あまり人に聞かれたくない話ですから、中庭かどこかでゆっくりとお話できればと思います」

「では、時間をとるようにする。とにかく、先に挨拶を済ませたい」

「あ、ありがとうございます!」

ライリー様が自分の味方になってくれた、と思ったのか、キラック公爵令嬢は目を輝かせた。

私は彼女と話すことなんてないんですけど……。

キラック公爵令嬢が大人しく去っていったあと、私が不満げな視線を送ると、ライリー様は苦笑する。

「マリアベルは行かなくていい」

「……どういうことですか？」

「そのままの意味だ。俺が片をつける」

それだけでは意味が分からないので、詳しく聞こうとしたけれど、次の人が挨拶をしてくれたので、そちらに集中することにした。

＊＊＊＊＊

それから約1時間後のこと。

カエラは、ライリーの側近の一人であるソニアから、もうすぐ時間が空きそうなので中庭で待つように、と指示された。

カエラはオブモ侯爵令息にはパーティー会場の中にいてもらい、エルベルとビークスを呼び出し、３人で中庭で待つことにした。

中庭には外灯の明かりはあるけれど、その光に邪魔されることなく、たくさんの星が輝いているのが見えた。

ちなみに、エルベルの魅了魔法については、この時には、カエラだけでなく、ビークスにも知らされており、ビークスの中ではエルベルに対する恋愛感情はほぼ薄れてきていた。

だから、ビークスは今回に賭けていた。

エルベルを選んだのは魅了魔法のせいで、本当はマリアベルが好きなのだと、マリアベルに伝えようと思っていたのだ。

それなのに、彼らの前に現れたのはマリアベルではなかった。

「待たせたな」

彼らの前に現れたのはライリーで、彼のすぐ後ろには側近のソニアが立っていた。

水色のドレスに身を包んだソニアを見て、その美しさに思わずビークスは息を呑んだが、すぐに我に返る。

そして、不思議に思った。

なぜ、マリアベルではなく、皇太子殿下が来たのかと……。

そんなビークスと、同じ疑問を抱いたカエラが尋ねる。

「ラ、ライリー殿下!?　どうしてこちらに!?」

「話を聞かせてもらうために決まっているだろう。俺の婚約者は今、他のことで忙しいんだ。

俺も早く戻って彼女の傍にいないといけない。だから、早く話を聞かせてくれ」

「お、お話は、マリアベル様にさせていただこうと思っていたんです！」

カエラが慌てた声で言うと、ライリーは微笑む。

「マリアベルには俺から伝えるから心配するな」

「で、ですが……」

「俺には話せないことなのか？　まあ、そこにいる2人を見れば、そうだろうと分かるけどな」

ライリーがエルベルとビークスを見て苦笑する。

「皇太子殿下にご挨拶申し上げます。お会いできて光栄に存じます」

ビークスが慌てて頭を下げると、ライリーに見惚れていたエルベルも慌てて頭を下げた。

「で、キラック公爵令嬢。マリアベルに何を言うつもりなんだ？　正直に教えてくれ」

「……私は、お姉様に何か言うというより、皇太子殿下に会いたかったんです」

話しかけられてもいないのに、エルベルは魅了魔法を発動して、ライリーに近寄っていく。

カエラの眉間に深いシワが刻まれ、エルベルに呼びかける。

「エルベル！　ライリー殿下に近づかないで！」

「嫌です。私の勝手にさせていただきます！」

エルベルはカエラに向かってなぜか偉そうに言い返すと、止めていた足を動かし、ライリーに近づこうとした。が、ソニアが間に割って入ったため、それ以上近づくことができなかった。

「あの、そこを退いていただけませんか？」

「皇太子殿下の許可なく近づくことは許されません」

ソニアに冷たく返されたエルベルは、魅了魔法をかけてソニアを退かせようとしたが、無駄だった。

「私に魅了魔法はききません。耐性がついてますので」

ソニアはマリアベルの特訓につき合っていたため、マリアベルによって強化された魅了魔法にも、精神的な強さで惑わされないようになっていた。

「耐性……？　意味が分からないわ」

魔法について詳しくないエルベルは首を傾げたが、すぐにライリーの方を見る。

「そんなことはいいわ。それよりも、皇太子殿下、お話があるんです」

「気安く話しかけるな」

ライリーはエルベルを軽くあしらった後、カエラに尋ねる。

「早く話を聞かせろ。彼女の相手をしている暇はないんだ」

「そ、それは、その……」

「皇太子殿下！　お姉様、いえ、マリアベル様は、ここにいるビークス様と愛し合っているんですわ！」

俯いて何も言えずにいたカエラの代わりにエルベルが叫んだ。

彼女は、一度言葉を区切ったあと、また大きな声を上げる。

「皇太子殿下！　マリアベル様はあなたを騙しているんです！」

「マリアベルが俺を騙す？」

「そうです！　マリアベル様はビークス様と愛し合っているのに、皇太子殿下と婚約されたんです！」

「俺が２人の仲を引き裂いたと言いたいのか？」

ライリーの低い声がもう１オクターブ低くなったように思え、エルベルだけでなく、カエラとビークスも怯(おび)えた表情になった。

ライリーがビークスに尋ねる。

「答えろ。俺がお前とマリアベルの仲を引き裂き、無理矢理、彼女と婚約したと言いたいのか？」

「ち、違います！　無理矢理というわけでは！」

無理矢理に婚約させた、と言われればそうかもしれないが、ピークスとの仲を引き裂いてなどいない。それが分かっているライリーだったが、それでも抑えきれない怒りをビークスにぶつけると、ビークスは何度も首を横に振った。

その様子を見たライリーは、大きく息を吐いて自分を落ち着かせると、エルベルに向かって言う。

「その件については、マリアベルに確認しよう。もし違っていたら、お前は王族に嘘をついたことになるから覚えておけ」

「……嘘をついたら、どうなるんですか？」

呑気に聞き返したエルベルを睨みながら、ライリーではなくソニアが答える。

「不敬罪として、あなたを捕まえて罰を与えます」

「どうして私が罰を与えられないといけないんですか！」

「皇太子殿下に嘘をついたのですから、当たり前のことです」

「そ、そんな！」

外灯に照らされたエルベルの顔が恐怖に歪んだ。

エルベルはビークス達に助けを求めようと振り返ったが、カエラもビークスも決して目を合わせようとはしなかった。

＊＊＊＊＊

「ライリー様にお任せするだけで、よかったのでしょうか」

ライリー様がキラック公爵令嬢のところへ行っている間、皇后陛下が個室の休憩室で私の相手をしてくださっていた。

皇后陛下は艶のある綺麗な黒髪にダークブラウンの瞳を持っておられ、目元がライリー様にそっくりだった。そんな皇后陛下はにこりと笑って答えてくれる。

「大丈夫よ。ソニアもついているし、これくらいのことを処理できないようでは、皇帝になんかなれないわ」

「ですが、私に関わることですし……」

「だから言っているでしょう？　妻のトラブル一つ処理できなければ、国を背負うなんて無理だって」

「まだ妻ではないのですが……」

「では婚約者ね」

「あの、皇后陛下はプレッシャーを感じられたことはあるのですか？」

ふと、気になって聞いてみると、皇后陛下は気分を害した様子もなく、笑顔で答えてくれる。

「もちろんあるわ。だけど、いつも思うのよ。私よりずっと大変なのは陛下だから、私が弱音を吐いている場合じゃないんだって。それに陛下も仰ってくれるのよ。目の前に敵がたくさんいるとしても、私が味方だと思うだけで強くなれるんだって。あの人は帝国民のことを考えているけれど、多くの貴族は自分の利益しか考えていないから敵は多いのよ」

皇后陛下は悲しげに笑った後、隣に座る私の目を見て、言葉を続ける。

「あなたも、いきなり皇太子妃に選ばれて本当に驚いたでしょう」

「……はい。でも、家から追い出され、婚約破棄までされたあとだったので、今は助けていただけたと思っています。平民として幸せに過ごす未来もあったかもしれませんが、宿屋の皆さんに会えたのも、本当に奇跡みたいなものだと思います。もし出会えなかったら、私はもう、この世にいないだろうと思いますから」

悪い人達に捕まって売られたりして、「こんな人生を歩むくらいなら死を選ぶ」みたいなことになっていたかもしれない。

それを思うと、こうやって生きていられることは本当に幸せだし、ロバートさん達には本当に感謝している。

正直にいえば、皇太子妃とかじゃなくて、せめて公爵夫人だったら良かったな、とか贅沢なことを考える時はあるけれど、私はライリー様と結婚する運命だったのかな、と思うこともあったりする。

そうでなければ、何かきっかけになるような大きなイベントはなかったのに、彼に気を許したりしなかったと思う。

ライリー様は私の力だけが目当てかもしれないと思った時期もあったけど、一緒に過ごすうちに、そんな人ではないと分かってきた。

……ただ、私が簡単に恋に落ちちゃう人間なだけかもしれないけれど、それはそれよ。

女性にだらしない男性に落とされたわけじゃないから、いいことにしておきましょう！

「そう言ってくれると嬉しいわ。あなたの苦労も分かるだけに、あなたが皇太子妃になるのが本当は嫌だというのなら、この話はなかったことにしようと思った時期もあったのよ」

「お気遣いありがとうございます」

「あなたにすぐにこの話をできなかったのは、やっぱり息子が可愛かったからだわ。一人息子だから、ついつい甘くなってしまったの。本当にごめんなさいね。大きな子供達が他にもいるけれど、やはり一番甘くなってしまうわ」

大きな子供達というのは、フィーゴ様達のことを言っているんだと分かった。

実の息子だからと贔屓(ひいき)しているつもりはなかったけれど、そうしてしまったことに気がついて反省しておられるような感じだった。

「それが普通だと思います。そうやって血の繋がらない人のことも、自分の子供だと思える皇后陛下は素敵だと思います」

私の言葉を聞いた皇后陛下は柔らかく微笑んで続ける。

「マリアベル。あなたも大きな子供の一人だからね？」

「……皇后陛下にそんなことを言っていただけるなんて、本当に光栄です。これからの良い運を全て使ってしまったかと思うくらいですわ」

「あら、それなら、あなたを可愛がらない方がいいのかしら？」

「それは……、それで困るような気もします」

私が困った顔をすると、皇后陛下はまた笑みをこぼされた。

その時、荒々しい足音が近づいてくるのが聞こえて、扉の方に顔を向けると、皇后陛下が小さく息を吐く。

「ライリーだわ。もうちょっと落ち着いて帰ってくればいいのに……」

「急がれている感じですわね」

答えたと同時に扉が叩かれ、皇后陛下が返事をすると勢いよく開かれた。中に入ってきたライリー様の眉間にシワが寄っているので、機嫌が悪いのだということが分かった。

キラック公爵令嬢から何を言われたのかしら？

「どうかされましたか？」

立ち上がって迎えると、ライリー様が聞いてくる。

「俺は、愛し合う君と元婚約者の仲を引き裂いたのか？」

「……何の話をしているんですか？」

意味が分からなくて聞いてみると、ライリー様はエルベルが話をした内容を教えてくれた。

「ライリー様もよく分かっていらっしゃると思いますが、私は婚約破棄されたから手紙を送ったんです。引き裂かれてなんていません。もし、引き裂いたというのなら、エルベルの方でしょう」

「そうだよな。分かってはいるんだが……」

「……どうかされたんですか？」

不満そうにしているので首を傾げると、話を聞いていた皇后陛下が笑う。

「愛し合う２人というのが気に食わないんじゃないの？」

「それは勝手にエルベルが言っているだけです。少なくとも、婚約破棄されるまでは私は彼のことを好きだったかもしれないですけど、ビークスはエルベルが好きだったはずです。それに、婚約破棄された時点で吹っ切れています」

「……だよな？」

ライリー様がホッとした顔をして頷いたので、眉根を寄せる。

「私を信用していなかったのですか？」

「いや、そういうわけじゃないけど」

「なら、そんなに不機嫌そうな顔をしなくても」

「え？　あ、そうだな。悪かった」

　私が軽く睨むと、ライリー様は焦った顔で謝ってこられた。すると、皇后陛下が小さく息を吐く。

「それくらいで動揺してどうするの」

「気をつけます」

　皇后陛下に頭を下げるライリー様にお願いする。

「ライリー様、エルベルには相応の罰を与えてください」

「分かった」

　頷くライリー様に、どんな罰を考えていらっしゃるのか聞いてみたかったけれど、主役が長い間、パーティー会場から離れるのも良くないので、とにかく2人で戻ることにした。

＊＊＊＊＊

何の収穫もなく、ただ、ライリーを怒らせるだけになってしまったカエラは、帰りの馬車の中で頭を抱えていた。

雇ったばかりとはいえ、自分の侍女がライリーに嘘をついたり失礼な態度をとったりしたのだから、自分もただでは済まないと考えていた。

自分は罰を与えられるわけではなく、警告くらいで済むかもしれないが、こんなことが父親にバレたらと思うと、そちらの方が恐ろしかった。

彼女の父は厳しい人で、娘だからといって甘い顔をしてくれることはなかった。

(それにしても、マリアベル様とエルベルは本当の姉妹なのよね？　今は家族ではないのかもしれないけれど、血の繋がりがあることは確かだわ！　あんな女の姉ですもの！　きっと、頭が悪いに決まっているわ！　皇太子妃にふさわしいのは、このわたくしよ！)

ライリーのことを考えて、父への恐怖を追いやったカエラは頭の中でそう叫んだ後、エルベルを使い、マリアベルを陥れることを考えた。

しかし、ライリー達だって、エルベルのことで貴族側から何か言われる恐れがあることは予想できているため、何の対策もしていないわけがない。

けれど、カエラはまだ子供だった。

そこまで考えが及ぶこともなく、自分に都合のよいように考えた。

もっとマリアベルの評判を落とせばいいのだと。

そのあとにエルベルが捕まれば、マリアベルへの貴族の印象が悪くなり、結婚を反対する意見が多くなるのではないかと思った。

しかし、彼女の思う通りに、そう上手くことが運ぶわけがなかった。

＊＊＊＊＊

エルベルがライリー様に対して嘘をついた件の処罰をどうするかは、会議で決められることになった。

エルベルが公爵令嬢の侍女であるため、ライリー様だけの判断で決めるわけにはいかないのだそう。

ただ、元老院や貴族達は、このことによってキラック公爵家の勢力が衰えるのを歓迎したし、エルベルに対する厳しい処罰というよりは、そんな侍女を雇ったキラック公爵家に非難が向けられた。

もちろん、エルベルにも罰を与えなければいけないが、貴族達にしてみれば、エルベルはありがたい存在だった。

私を皇太子妃候補から引きずりおろすいいネタになるからだ。

けれど、私を皇太子妃に推してくれる貴族が多かったこともあり、そのことについては話題に上がっても、すぐに違う話に移ったそうだ。

お披露目パーティーが終わっても、自分の娘を皇太子妃にしたいと思う人達は文句を言ったらしいけれど、皇帝陛下が「俺が認めたのに意見する以上は、よっぽど納得できる理由があるんだろうな」と言われたそうで、それ以上、相手側は何も言えなくなったみたいだった。

貴族達が私を皇太子妃候補の座から引きずりおろしたいと思う気持ちは分からないでもない。だって、もし娘が皇太子妃になったら、自分の家の名誉になるものね。王家と親戚だなんて箔(はく)がつくに決まっているもの。

話し合いの結果、エルベルはキラック公爵家の侍女の仕事を解雇になった。それだけではなく、力が弱まったとはいえ魅了魔法を使えることもあり、今後は監視下に置いておいた方がよいということになり、修道院送りが決まった。

でも、そうすんなりとことは運ばなかった。

エルベルの処罰が決まった10日後、皇太子妃教育の授業が終わり、自室で休憩していたところへソニア様がやってきた。

どこか暗い面持ちなので心配になりながら部屋に招き入れ、ソファーに向かい合って座ってから話を促すと、驚きの話をしてくれた。

「エルベル様がいなくなりました」

「ど、どういうことですか⁉」

「本日はマリアベル様の国にある修道院まで、エルベル様を連れていく日だったのですが……」

「連れていく途中でいなくなったということですか？」

「いなくなったといいますか、馬車で修道院に送り届ける途中で賊に襲われたんだそうです」

「じゃ、じゃあ……、エルベルは……」

殺されてしまったの？

口に出してはいけないような気がして黙っていると、私の考えを察してくださったのか、ソニア様が首を横に振る。

「いいえ。生きておられますので、ご安心ください」

「そうなんですね……。それなら良かったですけど、一緒にいた人達も無事なんですか？」

「騎士や駁者(ぎょしゃ)には、危険を感じたら逃げてもよいと伝えてあったようで、エルベル様だけ連れ去られてしまったようです」

ソニア様は困ったような表情で教えてくれた。

「そうなんですね」

だから、いなくなった、と教えてくれたのね。

でも、どうして生きていると分かるのかしら？

それに馭者が逃げるのは分かるけれど、護衛の騎士まで逃げ出すなんてよっぽどね。命の危険を感じるほどだったのなら、しょうがないとは思うけれど……。

「エルベルが狙われた理由は分かるんですか？　それとも誰でもよかったとかですか？」

「今はまだ調べているところです」

「そう……、そうですよね。とにかく調べないといけませんよね」

「はい。ただ、事件を調べることに関しては、キラック公爵から任せてほしいと言われまして」

「キラック公爵が？」

どうしてキラック公爵の名前が出てくるのか分からなくて尋ねる。

「エルベルはもうキラック公爵家と関係ないですよね？　修道院に行くことになったということは、キラック公爵令嬢の侍女ではなくなっているはずです」

「そうなんですが、エルベル様の乗った馬車が襲われたのは、キラック公爵領内なのです」

「そんな……」

まさか、自作自演なんてことはないわよね？

嫌な考えが頭に浮かび、否定するように首を横に振った。

ライリーの執務室で、ソニア以外の側近を集め、ライリーは問いかけた。

「エルベル嬢の件だが、キラック公爵は最初から関与していたと思うか？」

「……そうは思えません」

フィーゴが首を横に振ってから続ける。

「こんな計画、お粗末すぎます。キラック公爵が関わっているなら、代替わりをすすめますね」

「俺もそう思う。となると、キラック公爵令嬢が単独で考えたことになるな」

「でしょうね。キラック公爵もそのことに気づいたのでしょう。さすがに、エルベル嬢のことがあってからは娘に関心を持つようになったでしょうし、キラック公爵令嬢は罰金で済みましたが、キラック家の名に傷がつきましたからね」

「跡継ぎにならないということもあって、あまり娘のことを気にしていなかったようだな」

「年を重ねれば、ある程度の判断はできるようになると思ったのかもしれませんね。まあ、まだ15歳ですから、子供といえば子供ですが」

フィーゴの言葉に、ソファーに座ってお菓子を食べていたテッカが反応する。

「僕の方が子供だけど、そんな馬鹿なことは考えないよ」

「そうですね。普通は考えないでしょうね」

向かいに座っていたハインツも呆れ顔をした。

ライリー達はすでに、エルベルがどこにいるかを突き止めていた。エルベルの護衛についていた騎士達は、逃げたと見せかけて、エルベルを連れていった賊のあとを追っていたのだ。

騎士達は、山小屋で賊と見られる男達と楽しげに話をしているエルベルの姿を確認し、山小屋の中から漏れてくる会話を耳にした。

騎士達が耳にした会話の内容は、エルベルは悪い人にさらわれたショックで記憶喪失になったことにする、というものだった。

「記憶喪失のふりをして戻ってこようなんて、馬鹿げている」

ライリーがこめかみを押さえて言葉を続ける。

「同情してもらって、修道院送りを逃れるつもりだな？」

「そういうことだと思いますね」

ライリーの近くに立っていたフィーゴは、テッカの隣に移動してソファーに座ると、菓子をつまんだあとに頷いた。

「キラック公爵はそれにつき合うつもりなんだろうか？」

ライリーは眉間のシワを深くして呟く。

エルベルの誘拐はカエラが考えたことで、誘拐された恐怖により記憶を失ったエルベルをビークスが見つけ、保護するという作戦だった。

「記憶を取り戻すためにマリアベル様の存在に会わせろ、と言うつもりでしょうね」

「なんなら、僕の忘却魔法でマリアベル様の存在ごと忘れさせちゃう？」

フィーゴの言葉のあとに言ったテッカの提案に、その場にいた他３人は動きを止めた。

基本、テッカの忘却魔法は命に関わる秘密を隠すためにのみ使うことが許されている。

そのため、マリアベルからエルベルを引き離すという目的で忘却魔法を使うのはルール違反になる。

「マリアベルはそれを許さないだろうな」

ライリーの呟きに、フィーゴが頷く。

「マリアベル様のことですから、自分で尻尾を出させたがるでしょうね」

「……マリアベル様に確認してみては？　エルベル嬢の狙いはライリー様ですし、キラック公爵令嬢は、エルベル嬢を使ってマリアベル様を陥れたいだけでしょうから」

ハインツに言われ、ライリーは小さく息を吐く。

「そうだな。エルベル嬢からキラック公爵令嬢の企みを聞き出せれば、今度こそ、彼女は終わるだろうからな。ただ、その前に火消しにかかる人物がいる」

「キラック公爵だね」

「そうだ。彼が娘を好き勝手させるとは思えないからな」

テッカの言葉にライリーは難しい顔で首を縦に振った。

＊＊＊＊＊

その頃、カエラは、自分の計画が上手くいったことが分かって上機嫌だった。

記憶喪失のふりをしたエルベルを使い、同情を買ってライリー達の前でマリアベルに会わせ、その時に全てを思い出したふりをしたエルベルに、マリアベルの悪口を叫ばせるつもりだった。

(エルベルは自分のことしか考えてなくて、マリアベル様の悪いところを知らないんだもの。本当に困ったわ。でも、エルベルには魅了魔法がある。かからない人間がいたとしても、最悪、平民達に噂を流せば、マリアベル様を引きずりおろせるわ)

マリアベルを引きずりおろすだけなら、平民に噂を流せばいいだけだと分かっていながらも、エルベルをマリアベルに会わせようとするのは、彼女なりの嫌がらせだった。

（さあ、いつ頃、エルベルを見つけ出させようかしら）

裏で手を回して金を払い、エルベルを誘拐させた男達にエルベルの面倒を見させている。エルベルが我慢できる人間ではないことを、さすがのカエラもこの頃には分かっていた。けれど、簡単に見つけてしまっても怪しまれる可能性があるため、慎重に時期を選ばなければならなかった。

頭を悩ませていると、トントンと扉が叩かれ、カエラは返事をする。

「誰かしら」

「カエラ、話がある」

扉の向こうから聞こえてきたのは、怒りを押し殺したような父の声だった。

ソニア様と話を続けていると、ライリー様がやってきて、今までに分かった情報を話したいと仰った。

ソニア様は気を遣ってくれたのか、ライリー様と入れ違いに出ていってしまった。

別に3人で話をしてもいいのに、2人きりにしてくれたみたい。

メイドにお茶を用意してもらってから、ティーテーブルをはさんで向き合って座ると、ライリー様がエルベルの今の状況を教えてくれた。

「……エルベルの居場所は分かっているんですね？」

「ああ。マリアベルに打ち明けるかどうかを迷っていたから、ソニアには曖昧な話をさせていた。だから、ソニアを責めないでほしい。悪いのは俺だ」

「どうして私に隠そうと思ったんですか？」

不満げな表情を見せると、ライリー様は焦った顔をする。

「いや、その、なんというか、もう君はエルベル嬢とは関係がなくなっただろ？　だから、彼女について何も知りたくないかと思ったんだ」

「気を遣っていただいたことには感謝いたしますが、できれば真実を知っておきたいです。ですから、ライリー様が知っている範囲で、言わないんじゃなく、言えないこと以外を話してほしいです」

お願いするとライリー様は、エルベルが山小屋で彼女を誘拐した人達と話をしていた内容を聞かせてくれた。

「記憶喪失のふりなんて、あの子にできるはずがありません」

話を聞き終えた私は、まず一番に伝えないといけないことを口に出した。

そんな器用なことができる子なら、魅了は関係なく、私も普通にエルベルを良い子だと思っていたと思う。

でも、そうじゃないと気づけたのは、魅了に対する耐性があったことと、エルベルの性格がワガママで、駆け引きなんてできるわけがないくらいに賢くなかったから。

あの子はまさに、本能のままに生きているという感じだった。

あれは、お母様が亡くなった頃のことだ。

悲しかったけれど、お父様と私は悲しみを引きずりながらも、葬儀のことで目まぐるしく動いていた。

エルベルはまだ幼かったので、部屋で大人しくしているように言うと、「お母様が死んだせいで、皆が私のことを見てくれなくなった」と文句を言った。

お母様に会えなくなった悲しみよりも、自分が相手にしてもらえないことに腹を立てた。

私達と同じように悲しんでいれば、彼女を慰める使用人もたくさんいたと思う。

けれど、そんなことを口にするエルベルに対して、逆に屋敷の使用人は必要以上に彼女に近づかなくなったはずだった。

それなのに、いつの間にか、使用人達はエルベルを甘やかすようになった。

考えてみれば、お母様の葬儀以降かもしれない。エルベルの魅了の力を感じ始めたのは……。

何にしても、エルベルは頭を使って、人の同情を得たことはない。

その話をすると、ライリー様は私の頭を撫でた後に口を開く。

「魅了の魔法を無意識に使い始めたことで、どんな態度をとっても多くの人間が自分を褒めてくれるようになって、自分は何を言っても許されると思い始めたんだろうな。最終的には何をしても思い通りになると思い込んだのかもしれない」

「ですから、記憶喪失のふりをしても、すぐにボロが出ると思います」

「で、マリアベルはどうしたいんだ？」

ライリー様は私の答えなんて分かっているはずなのに、にこりと微笑んで聞いてきたので答える。

「もちろん、会います。エルベルに対して言いたいことはいっぱいありますから。記憶喪失だというのなら、彼女が今まで何をしてきたか、教えてあげないといけないでしょう？」

「無駄な労力を使うが、いいのか？」

「やられっぱなしは性に合いません。それよりもライリー様は、キラック公爵令嬢が何か企んでいると分かっていらっしゃったんですか？」

どうやら、護衛騎士はライリー様の息がかかっているようだし、気になって聞いてみると答えてくれた。

「キラック公爵令嬢の元々の侍女が何やら不審な動きをしていることが分かったんだ。だから、念のために手を打っておいた。もし、馭者や護衛騎士が逃げられない状態になった場合に備えて、手助けする他の騎士達を準備しておいたし、エルベル嬢の身が危険だと判断したら助けにいかせるつもりだった」

「その場で捕まえなかったのは、なぜなんですか？」

「泳がせて目的を知るためだった」

「危ない真似をしたんですね」

小さく息を吐くと、ライリー様は言う。

「あまり警戒していると敵も動かないからな」

エルベル相手に物騒なことは起こらないと思ったのかしら。彼女には魅了魔法があるものね。

「ライリー様、ところでキラック公爵令嬢はいつ、エルベルを見つけ出したふりをするのでしょうか」

「そこまでは分からない。ただ、そう遅くはないだろうな」

キラック公爵令嬢がどう出てくるのか、さすがのライリー様も予想がつきにくいみたいだった。

まあ私としては、遅かろうが早かろうが、どっちでもいいわ。エルベルに今までのお礼をする良い機会なんだから。

＊＊＊＊

「カエラ、私がお前に無関心だったことについては言い訳するつもりもないし、謝っても許されるものではないだろうが、謝っておく」

キラック公爵は冷たい声でそう言った後、「すまなかった」と頭を下げた。

「そんな……、お父様、いいんですのよ？」

謝ってきたということは、自分の方が有利な状況にあるのかもしれないと思ったカエラは言葉を続ける。

「あの、できれば、ライリー様とわたくしとの結婚を進めてくだされば……」

「馬鹿なことを言うな！」

怒鳴（どな）られたカエラはびくりと体を震わせた。これほどまでに怒っている父を見たのは初めてだったからだ。

「お……、お父様？」

「お前は自分が何をやったか分かっているのか？」

「ご、ご、ごめんなさい……」

「お前が何を考えているのか分からないが、エルベル嬢の居場所を知っているなら早く言うんだ」

（お父様は、わたくしの計画のことは知らないのね？）

カエラの胸に希望が湧き、素直に口を開く。

「エルベルは……」

居場所を伝えると、キラック公爵は部屋を出ていきかけたが、立ち止まって振り返る。

「見逃すのは今回だけだ。また、おかしな真似をするようなら、分かっているだろうな？」

その先の言葉は言わなくても分かるだろう、と目で訴えていた。キラック公爵が出ていき、一人になった部屋で、カエラは思った。

(まだ、まだよ。ライリー様を諦めるにはまだ早いわ)

そして、エルベルが見つかってから何をするべきかを、ノートに書き出していくことにした。

＊＊＊＊＊

エルベルは行方が分からなくなった5日後に発見され、やはり、記憶をなくしていることになっていた。

記憶喪失のふりをしたエルベルは、案の定、私に会いたがった。

もちろん、ライリー様に、そう言うだろうと前もって教えてもらっていたから、彼女と会うことを了承した。

記憶喪失なのだから、私が正直に話をしても、彼女は黙って聞いていなければならない。記憶がないのだから、それが嘘か本当か、彼女に分かるはずがないのだから。

そして、10日後の昼前、エルベルを宮殿に招き、応接間で私とライリー様が彼女の相手をすることになった。

なぜライリー様がいるのか、というと、ビークスが「エルベルはライリー様を好きだったから、顔を見れば記憶を取り戻すかもしれない」なんて、普通の人間なら絶対に口にできないような失礼なことを言い出したからだそう。

現在、私とライリー様はソファーに並んで座り、向かい側にエルベルが座っている。

「もう、マリアベル様と私は家族じゃないとお聞きしましたが、血の繋がった姉妹なのですよね？　思い出せなくて申し訳ございません。お姉様……いえ、マリアベル様に会ったら、何か思い出すかもしれないと思ったのですが」

頬に手を当て、口ではそんなことを言っているけれど、エルベルの顔はニコニコしているので、悪いと思っているようには全く見えない。

私はそれに気づかないふりをして、笑顔で言葉を返す。

「いいのよ。ただ、私とあなたは仲が良くなかったから、これから私が話すことは、あなたにとって嫌な話ばかりになってしまうかもしれない。それでもいいのかしら？」

「……嫌な話、ですか？」

「ええ、そうよ。ただ、本題に入る前に、これだけは先に言わせて。無事で良かったわ。体の調子はどう？　5日間、悪い人にに拘束されていたと聞いたけれど」

「え、えっと、そうですわね。大変でした」

……それはそうでしょうね。

誇らしげな顔をして答えたエルベルを見てから、ちらりと横に視線を向けると、ライリー様は眉根を寄せ、呆れた顔をしていた。

ライリー様、お気持ちは分かります。

心の中でそう思った後、エルベルに向き直って言う。

「大変なのは当たり前だわ。よく頑張ったわね」

「頑張る……？」

「だって、誘拐されたんだから、ロープで縛られたりしていたんでしょう？」

「え？　あ、まあ、そうですね」

私の質問に答えたエルベルの目が泳いでいる。

キラック公爵令嬢は本当に詰めが甘いわね。こういう質問に対する答えは、最初からエルベルに覚えさせておかないと駄目よ。

「辛い思い出だから思い出したくないわよね。ごめんなさい」

意地悪な質問でもあったので謝った後、本題に入ることにする。

「昔のあなたの話をするけれど、本当にショックを受けないでね？」

「は、はい」

エルベルは期待を込めた眼差しで私を見る。

まだ、私が彼女のことを褒めるとでも思っているのかしら？　私から褒めてもらって、ライリー様の印象が良くなると思い込んでいるんでしょうね。

そんなわけないでしょう。

すうっと大きく息を吸ってから口を開く。

「あなたは、本当にワガママな子だったわ」

「……え？」

「私の持っているもので、自分がほしいものがあったら、なんとしてでも奪おうとしていたし、大してほしくないものでも、私が大事にしていると分かれば、自分のものにしたがるような子だったわ」

「……」

エルベルが無言でライリー様の方をちらりと見た。

私も同じように視線を向けると、ライリー様は睨むとはいかないまでも、嫌悪感を表すかのように目を細めてエルベルを見つめていた。

「で、自分のものになったら興味がなくなって、酷い場合は、私の目の前で捨てていたわね」

大きく息を吐いてからエルベルとライリー様の様子を確認することなく続ける。

「あとは、あなたは私の婚約者も奪ったのだけど、覚えていないわよね？　あ、ビークス以外の人よ？　もちろん、そのことについては、あなたが可愛かったからだと思うから、しょうがないと思っているわ」

「そ、そうですよね。私は可愛いですから……」

笑みが引きつりかけていたエルベルだけれど、可愛かったと言われたからか、またいつもの笑顔に戻って頷いた。

「そうね。ただ、その可愛さも、魅了魔法によって強化されていただけかもしれないのが残念だわ」

「そ、そんな、私はもともと可愛いですよ!?」

「分かっているわ。あなたは顔は可愛いもの。性格は全く可愛くないけれどね」

「せ、性格だって、私、そんなに悪くないと思います」

「でも、あなたは、昔の自分のことを覚えていないのでしょう？　それなら、本当はどうだったかは分からないんじゃないの？」

「そ、それは……！」

エルベルは焦った顔をして、ライリー様を見た。

このままでは、ライリー様に悪い印象を与えてしまうと思ったんでしょうね。

悪いけれど、あなたが本性を出すまで、このまま話をさせてもらうからね？

＊＊＊＊＊

「今頃、エルベルは上手くやれているかしら……」

「エルベルには魅了魔法がありますから、大丈夫ですよ」

カエラの言葉に、ビークスが余裕の表情で答えた。

「でも、魅了魔法の耐性を持っているかもしれないわよ？」

「ライリー殿下は耐性を持っていらっしゃるかもしれませんが、マリアベルは持っていません。きっと、エルベルの魅了魔法に引っかかって、彼女の思う通りに動いてくれると思いますよ」

「そうなの？　それなら心配しなくても大丈夫ね」

カエラはホッとした表情になって胸を撫でおろした。

ビークスはマリアベルに魅了の耐性がないと思い込んでいた。なぜなら、マリアベルとエルベルは一緒にいることが多かったからだ。

エルベルの魅了につられて、マリアベルが彼女と一緒にいたのだと思い込んでいるビークスは、マリアベルが魅了に対する耐性があるだなんてことなど、考えもしていなかった。

＊＊＊＊＊

「あ、あのマリアベル様。私がこんなことを言うのもなんなのですが、私の良かったところを聞かせてもらってもいいでしょうか？」

このままではまずいと思ったのか、エルベルは笑みを引きつらせて、私にお願いしてきた。

「よかったところ？　そうね。顔やスタイルくらいしか思い浮かばないんだけど、それじゃ駄目かしら？」

「見た目がいいことくらいは、記憶がなくても分かりますので！」

「そう？　なかなか難しいことを言うのね。じゃあ、自己評価が高いところとかどうかしら？」

「自己評価が高い？」

「そうよ。自己評価が低すぎるよりも、高い方がいいと思うのよ。自分に自信があるって良いことじゃない？」

「そ、そうかもしれませんね」

エルベルは少しだけ気を良くしたのか、表情が和らいだ。

「自己評価が高すぎても問題だろ」

けれど、ライリー様の発言によって、すぐにがっかりした表情になった。

エルベルはすぐ顔に出るから、分かりやすくていいわ。

「あ、あの、ほ、他に何かありませんか？　その、皆に愛されていたとか？」

「それはよく分からないわ。あなたは魅了魔法が使えるから、その効果かもしれないし」

「そ、そんなことはありえません！　私はそこにいるだけで皆に愛されて！」

「あら。それは誰かからそう聞いたの？　それとも、記憶を取り戻してきたの？」

手を打って喜んでみせると、エルベルは焦った顔になる。

「いえ、その、それはまだ、なんですけど……、少しずつ、その……」

「少しずつ思い出しているの？」

「そ、そうかもしれませんわ！　あの、きっと褒めてもらった方が思い出すと思うんです。ライリー様の前ですから、褒めにくいというのは分かりますけど」

「……どういうこと？」

「私の良さが分かってしまったら、私にライリー様を取られてしまうかも、と思ってるんですよね？」

作り笑顔で聞いてくるエルベルに対して、私は心からの笑みを浮かべて答える。

「まさか。ライリー様は貧乏くじは引かないわ」

「び、貧乏くじ？」

「そうよ。あなたは記憶がないから覚えてないみたいだけれど、魅了魔法を使って、色々な人に迷惑をかけていたのよ？　あなたも最初は悪気はなかったのかもしれないけれど、人に迷惑をかけていると分かったら、何とかしようとするわよね？　でも、あなたはそんな様子はなかったわ。逆に、私は愛されている、なんて思っていたみたいだし、そんな自分のことしか考えていない人を、皇帝陛下になる予定のライリー様が選ぶわけがないわ」

「そ、そんな！　でも、その、愛されているというのは、本当のことで……！」

少し揺さぶると、エルベルはすぐにボロが出そうになるわね。

私もそう暇ではないから、そろそろ餌をまいて終わらせることにする。

「そういえば、私がいなくなってからのエルベルは、いつもみたいにチヤホヤされなくなったんじゃないかしら？」

「……え？」

思い当たる節があったのか、エルベルの表情が固まる。

やっぱり、コントロールできていなかった私の魔力が、エルベルの魅了魔法を強化していたのね。

「お姉様、いえ、マリアベル様にはその理由が分かるんですか？」

「分かるわ。それに、どうすれば今まで通りになるかということもね。だけど、エルベルは記憶がないのだから、一から始めればいいんだもの。辛かった記憶は忘れて、今を楽しめばいいと思うわ」

「そ、そんな！　分かっているんだったら教えてください！」

「でも、エルベルには記憶がないのでしょう？　それとも、全部思い出した？　思い出したのなら教えてあげることを考えてもいいけど……。あ、考えるだけよ？」

横から視線を感じて、ライリー様の方に顔を向けると、彼は苦笑して私を見ていた。

やりすぎかしら？　でも、エルベル相手なら、これくらいはいいんじゃないかしら。

だって、エルベルは私に嘘をついているけれど、私は嘘を言っていないんだもの。

「教えてください、お姉様！　昔みたいにチヤホヤされたいんです！」

「チヤホヤされてどうするの？　あなたにはビークスがいるでしょう？」

「ビークスはお姉様のことが好きなんです。だから、私になんか興味がないのよ」

記憶喪失の設定はどこかへいってしまったようで、エルベルは続ける。

「前のように魅了魔法が使えるようになったら、ビークスも虜にする自信があるし、お姉様の横にいるライリー様だって、お姉様から奪ってやるんだから！」

自信満々に言うエルベルに、私とライリー様は大きくため息を吐いた。

「な、なんなの？」

「あなた、記憶喪失なんかじゃないでしょう？」

「えっ⁉　えっ⁉　あああっ‼」

エルベルは両手で頬を押さえて叫んだ。

この子、本当に大丈夫かしら？　私と血が繋がっているのよね？　嫌になるわ。

「記憶が戻ったみたいで良かったわ。さあ、エルベル、私にもう用はないでしょう？　帰ってちょうだい。それから、記憶が戻ったんだから、大人しく修道院に行くのよ？」

扉を指差すと、エルベルは泣き出しそうな顔になった。

＊＊＊＊

宮殿を追い出されたエルベルは、ライリーとの進展が全くなかったことに悔しい思いをしていたが、それよりも気になることがあった。

それはマリアベルが言っていたことだった。

（お姉様は、私の力が弱まっていることを知っていたわ。でも、どうしてかしら？　あ、もしかして、お姉様が私に嫌がらせを⁉）

エルベルは、自分に魅了魔法が使えるように、マリアベルにも魔法が使えるだなんて夢にも思っていなかった。

(皆が冷たくなったように感じていたけれど、全部、お姉様の仕業だったのね？　ううん、もう、お姉様じゃないわ。というか、あんな女は元々、私のお姉様じゃない！　それにしても、マリアベルはなんて酷い女なの！　でも、気にするだけ無駄ね。どうして皆が冷たいか分かったんだもの。ちゃんと話をすれば、皆、昔みたいに私に優しくなってくれるはずだわ)

そんなわけはないのだが、そう思い込んだエルベルは、満面の笑みを浮かべた。

(見てなさいよ、マリアベル！　意地悪をされたお返しに、姉じゃなくなったとしても、あなたのものは私が全部奪ってやるんだから！　修道院になんて大人しく行ってやるものですか！)

エルベルは早速、行動に移すことにしたのだが、彼女の考えは、はなから間違っているため、思うようにいくはずがなかった。

＊＊＊＊

エルベルと話を終えた次の日、皇太子妃教育の授業を終えた私のところに、ソニア様がやってきた。

「エルベル嬢が、マリアベル様のことを悪女だと言いふらしておられるそうです。それを聞いたライリー様が、エルベル嬢を修道院には行かせず、王族の婚約者への不敬だということで捕まえようと仰っていますが、どうされますか？」

「え……？　えーっと、どういうことでしょうか？」

テーブルをはさんだ向かい側のソファーに座っているソニア様に尋ねると、詳しい話を教えてくれた。

エルベルは昨日、宮殿を出てから、キラック公爵令嬢と連絡を取り、おしゃべり好きで有名な貴族に会わせてほしいとお願いしたみたいだった。

キラック公爵令嬢がエルベルに紹介したのは、陰でおしゃべり夫人とあだ名がつけられている、社交界ではとても有名な人だった。彼女に目をつけられたら厄介だということでも有名らしい。

その人のせいで、まだ丸一日も経っていないのに、私が悪女ではないか、という噂が社交界だけでなく、平民の間にまで広まっているとのことだった。

「悪女って、どんな噂なんでしょう？」

「色々ですね。そのうちの一つに、盗みを働いたことがあるとか……」

「盗み？　そんなことしていません！　別に私の家はお金に困っていたわけではないですし、

何かを盗んだとしてもエルベルに奪われるので、そんなことをしても無意味ですし！」

そんな噂を皆が信じているのかと思って苛立っていると、ソニア様が苦笑して首を横に振る。

「皆、そんな噂は信じておりません。それにおしゃべり夫人も、マリアベル様がこんな人物らしいという噂をエルベル嬢から聞いたと、必ず念押しして言っているんだそうです。さすがの夫人も自分が不敬罪になるのは嫌で、そんな噂を信じるなという注意喚起として噂を流しているようです」

「……注意喚起？」

「盗みの話に関しては、自分の家が貧乏だと言っているようなものですし、調べればシュミル伯爵家の財政は分かりますので、盗みなど働く必要がないと分かるからです。ですので、こういう噂はあるけれど、それは嘘だと流してくれているようですね」

「おしゃべり夫人も、ただおしゃべりが好きなだけではなく、自分の身を守ることは忘れていないんですね」

顎に手を当てて感心して言うと、ソニア様は微笑む。

「社交界で長く生きていくには、そういう処世術も必要なんでしょうね。キラック公爵令嬢やエルベル嬢に協力するように見せかけて、皇帝側に良い印象を与える動きをされています」

「私がそんなことをするわけがないと言ってくださっているんですものね。でも、火のないところに煙は立たないと思う人もいるのでは？」

少しだけ思案してから尋ねると、ソニア様は苦笑する。

「平民も、貴族が盗みをする必要はないと考えている人が多いですし、そんな噂が流れても嘘だという話も流れてきているので、性格の悪い誰かが、マリアベル様を陥れようとしているというように取ってくれているようですね」

全ての人がそう思っているわけではないにしても、多くの人がそう思ってくれているのなら良かったわ。

ホッと胸を撫でおろしてから聞いてみる。

「エルベルは何をしたいんでしょうか」

「分かりませんが、マリアベル様を皇太子妃候補の座から引きずりおろしたいんじゃないでしょうか？　もしくは、マリアベル様に対する嫌がらせ？」

「でも、そんな噂を流したって、意味がないんじゃ……」

「印象が悪くなれば、マリアベル様の評判も悪くなりますから、それを狙ったのかもしれませんね。ですが、伯爵令嬢と皇太子妃候補では、普通の貴族なら、どちらについた方がいいかは考えなくても分かりますし、エルベル嬢の言う内容があまりにも馬鹿馬鹿しすぎて、皆、信じる気にならない、といったところみたいです」

ソニア様はそこまで言ったあと、少し考えてから言葉を続ける。

「そういえば、男性に対しては、エルベル嬢自らがアピールしているようですよ」

エルベルがどんな風に自分をアピールしているかだなんて、本当は興味がない。だけど、ソニア様がせっかく話題に出してくださったので聞いてみると、「マリアベル様からどんな噂を聞いたか分かりませんが、それは嘘です。私はとても良い子です」なんてことを言っているらしい。

私はエルベルの噂なんて流してないんだけど？

男性達も、エルベルの噂を私発で聞いたことがないので、魅了魔法がかかっている人は別として、それ以外の人達はエルベルを、近づいてはいけない人間として認識しているようだった。

「エルベルの修道院行きの手配は、またキラック公爵家がするんでしょうか？」

「そういうことになっていましたが、マリアベル様がエルベル嬢を罪に問わず、修道院送りにするだけでいいと仰るのであれば、手配はハインツにしてもらい、修道院までの護衛には私がつくつもりです」

「ソニア様が!?」

「はい」

ソニア様が護衛につくのであれば、ソニア様に対する護衛もつくだろう。申し訳ないけれど、そうしてもらう方が、エルベルを確実に修道院に行かせるにはいいかもしれない。

「でも、ご迷惑ではないですか？」

「とんでもございません。ぜひ、私もエルベル嬢とお話ししてみたかったのです」

そう言って、ソニア様は微笑んでくれたのだけれど、その顔がなぜか、とても怖く思えてしまったのは気のせいなのかしら？

＊＊＊＊＊

「ちょっと、エルベル！　どういうことなの!?」

エルベルが宮殿に行った次の日の夕方、カエラが用意してくれた部屋で、のんびりと寛いでいたエルベルの元に、カエラがやってくるなり叫んだ。

そんなカエラにエルベルは、呑気な顔で尋ねる。

「一体、どうしたんですか？」

「どうしたもこうしたもないわよ！　あなたが言った通りになっていないじゃないの！」

「どういうことですか？」

昨日のうちに、マリアベルの悪い噂をできる限り、色んな人に話をしておいたエルベルは、今頃はマリアベルを皇太子妃候補から引きずりおろそうとする行動が始まっているものだと思い込んでいた。

そして、空いた皇太子妃候補の座に自分が座るつもりでいた。

なぜ、自分がその座につけると思ったのかは、エルベルの思い込みなので、理由は彼女にしか理解できない。

「どういうことって！　マリアベル様の悪い噂を流せば皇太子妃候補の座から引きずりおろせると言ったから協力したのに、全くそんなことになっていないじゃないの！」

「え？　まだ噂が回っていないんですか？」

「そんなわけないでしょう！　噂は回っているけれど、あなたが嘘をついているという噂になっているのよ！」

「そ、そんな！」

驚いたエルベルが座っていた椅子から立ち上がった時だった。ビークスが部屋にやってきて叫んだ。

「お嬢様、大変です！　皇太子殿下からの伝令と多くの騎士がやってきて、修道院に連れていくから、エルベルの身柄を引き渡せと言っています！」

予想外の出来事に、エルベルは取り乱して叫ぶ。

「嫌よ！　修道院になんか行きたくない！　私はそんなところで人生を終える人間じゃないのよ！」

エルベルは窓の方に向かって歩いていき、窓の外を見た。

すると、屋敷の外にはライリーが派遣した多くの騎士が、エルベルの逃げ道はないと言わんばかりに多くの場所に配置されていた。

（大丈夫、大丈夫よ。私には魅了魔法があるんだから！）

エルベルは大きく深呼吸して気持ちを落ち着かせる。そして、エントランスホールに向かうことに決めた。

この時の彼女は、相手側が魅了魔法への対処をしているとは思ってもいなかった。

＊＊＊＊＊

エルベルは連行される際にかなり暴れたらしいけれど、結局、騎士の手によって押さえつけられた。不敬罪で牢に入れられるか、もしくは強制労働をさせられるか、修道院に行くか、どれかを選べと言われ、渋々、修道女の道を選んだそうだった。

自分が悪いことをしていたのに、かなりふてぶてしい態度だったというから、困ったものだわ。

今回、エルベルの旅にはソニア様だけでなく、フィーゴ様も同行してくれることになった。

でも、ライリー様が転移の魔道具を2人に渡してくれたおかげで、半日もかからずにソニア様達は、エルベルを送り届けて帰ってきた。

そして次の日、ソニア様が私に会いに来てくれて、その時の様子を教えてくれた。

「エルベルがご迷惑をおかけしませんでしたか？」

「大丈夫でしたよ。少し脅したら、すぐに大人しくなりましたから」

「お、脅す……？」

「失礼いたしました。あまりにもうるさいので、静かにするようにと少し強めにお願い申し上げたくらいです」

「そ、そうですか。ありがとうございました」

ソニア様は笑っているけれど、少し強めにという言葉が強調されていたので、何かあったのだということは分かった。

エルベルがソニア様にとって不快なことをしてしまったのね。本当に申し訳ないわ。あとで、フィーゴ様にも何があったか聞いてみよう。

「とんでもございません。それから、今日はあともう一つ、お伝えに参りました」

「……何でしょうか？」

「エルベル嬢の誘拐の件に、キラック公爵令嬢が捜査線上に上がりましたので、話を聞くことになったそうです」

「……そうなんですね」

「今回はライリー様も姿を変えて皇宮警察の一人として、キラック公爵令嬢への尋問に立ち会われることになりましたので、そのことをお伝えしたかったんです」

「……ライリー様が？　どうしてですか？」

「今はまだ疑いの段階です。証拠がなければ捕まえることはできません。それに、キラック公爵がもみ消そうとするでしょう。そうなった場合に、キラック公爵の妨害があったことをライリー様が知ることができます」

捜査に行った人達がキラック公爵に買収されてしまった時のことを考えている、ということなのね。たとえそうだとしても、自分が行かなくてもハインツさん達に頼んだらいいような気もするんだけど……。

そんな私の考えを読み取ったかのように、ソニア様が笑顔で言う。

「ライリー様は、自分からマリアベル様を引き離そうとする人間は、いつでも駆除できるようにしておきたいようですね」

「駆除……」

「駆除、は駄目ですね。排除、でしょうか」

物騒なことを言われたので、ドキリとしたけれど、言い直してくださったので、ホッと胸を撫でおろす。

さすがに、そんな理由で人を殺したりしてはいけないし、しないとも思うけど。

でも、尋問ってどんなものなのかしら。ちょっと気になるけれど、遊びじゃないんだから、連れていってほしいと言っても断られるわよね。

そういえば、エルベルは修道院で上手くやれているかしら？

——無理かしらね。

＊＊＊＊

マリアベルがエルベルのことを思い出していた、ちょうど同じ時。

「どうして、私がこんなところにいないといけないのよ！　家に帰らせてよ！」

「エルベル、少し落ち着きなさい」

先輩のシスターに窘（たしな）められたが、エルベルは一向に気にする様子もなく、話しかけてきたシスターを睨んで叫ぶ。

「うるさいわね！　平民のくせに気軽に話しかけないでちょうだい！」

「ここでは平民も貴族もありませんよ。共同生活をしているのですから」

「あなた達なんかと共同生活なんてするわけないでしょ！　ご飯もまずいし、質素だし！」

エルベルは与えられた部屋のベッドの上で寝転んだまま答えた。

そんな彼女を憐れみの目で見つめながら、シスターは言う。

「エルベル、あなたは今まで魅了魔法を使って、たくさんの人を騙して傷つけてきたと聞いています。ですが、更生するのは今からでも遅くありません」

「うるさいって言っているでしょ！」

エルベルはシスターに向かって枕を投げつけて、言葉を続ける。

「部屋から出ていって！　私は何もしないからね！　あと、ご飯はもっと豪華なものにしてちょうだい！」

自分の立場が分かっていないエルベルは、ワガママを言うばかりだった。

本来なら2人部屋だったのだが、一人で寝たいといって、同室だったシスターを部屋から追い出したり、食事は部屋まで運ばせたりと、迷惑をかけ続けた。

昨日の間は、こちらに来たばかりだからショックを受けているのだろうと、他のシスター達も気を遣って何も言わなかった。

しかし、一晩経っても落ち着く様子はなく、ワガママはエスカレートするばかり。

困ったシスターは、大きくため息を吐いてから、エルベルを連れてきてくれた貴族の女性が言っていたことを思い出した。

「そんな調子なら、ご迷惑をおかけするけれど、ソニア様にご連絡させてもらうわ」

シスターがそう言った時だった。エルベルは勢いよくベッドから起き上がって叫ぶ。

「や、ややや、やめてよ！　どうしてそんなことをするのよ！」

「ソニア様が、あなたを連れてきてくれた時に言っていたの。マリアベル様の悪口を言ったり、私達の言うことを聞かない時は、いつでも連絡してほしいと」

ソニアは実際はこの後に「根性を叩き直しに来ますので」と伝えていたのだが、シスターはそこまでは口にしなかった。

「駄目よ、あの人は駄目よ！　おっかないもの！　っていうか、どうして、あんた達に私の魅了が効かないのよぉ！」

「それについては分かりません。さあ、エルベル。まずは、神に祈りを捧げにいきましょうね」

立ち上がったエルベルの腕を優しくつかみ、シスターはエルベルを促す。

「もしかして、首につけられたネックレスは魔力封じとかじゃないでしょうね!?」

エルベルは昨日のうちに、ソニアから強制的にシルバーのネックレスをつけさせられていた。

魔法でもかかっているのか、自分や他の人間に頼んでも外すことができない。

エルベルが修道院に連れてこられた際に、彼女を見張っていた騎士達がいた。いつもなら流し目をすれば落ちていたはずの男性達が苦笑するだけで相手にしてくれなかったため、ソニアがつけたものが魔力封じのものだと気がついたようだった。

それだけではなく、マリアベルの悪口を言った時のソニアの反応を思い出して、エルベルは体を震わせた。

(あの人、私を殺すような勢いで怒っていたわ。どうして、マリアベルばかり好かれているのよ！　まさか、マリアベルも魅了魔法を使えるの⁉)

「魅了魔法を使えなくたって、マリアベルには負けないんだからぁ！」

叫ぶエルベルを見たシスターは大きくため息を吐いて、ソニアに連絡を取ることにした。

＊＊＊＊＊

「ああ、癒やされます！　本当に猫って可愛いですよね。マリアベル様は猫界の天使かもしれません！」

「にゃー」

大げさですよ、と否定したいのだけれど、相変わらず猫の声しか出ない。

「マリアベル様、これはどうですか？」

目の前に出されたのは、長い棒の先に何かの羽根がついたおもちゃで、目の前で揺らされると、なぜか目で追ってしまう。

そして、無性に捕まえたくなってしまい、気がつくと、そのおもちゃに飛びかかってしまっていた。

フィーゴ様にそうやって遊んでもらっていると、仕事中のライリー様が不機嫌そうな声を出す。

「考えたら、別に猫になるのはマリアベルじゃなくてもいいと思うんだが？」

「殿下の魔法のことを知っている人は限られてるじゃないですか。知っている人間が僕の癒しのために猫になってくれると思います？」

「ソニアならなってくれると思うぞ」

「ソニアが？　そんなことはないでしょう。彼女は魅了魔法持ちの僕を嫌っていますからね」

「どうしてそうなるんだよ」

「にゃー、にゃー！」

嫌っているだなんて、そんなことはないですよ！

と伝えたいのだけれど、猫の姿なので、やっぱり鳴くことしかできない。

今日は、フィーゴ様のお誕生日で、誕生日プレゼントは何が欲しいかと聞いたら、猫化した私をもふもふしたいと言われてしまった。そのため、ライリー様に頼んで、今日一日は皇太子妃教育もお休みにし、フィーゴ様の専属猫になった。

さすがのライリー様もフィーゴ様を祝いたい気持ちはあるので、専属猫を許可してくださったけれど、お腹など体の内側に触るのは駄目だという条件つきだった。

でも、フィーゴ様に、こんなに喜んでもらえるなら、定期的に猫化してあげてもいいかも、と思ってしまう。

フィーゴ様は、ソニア様が自分を嫌っていると思っているようだし、そうではないことを伝えるためにも、ソニア様が猫になってあげたら良いと思ってしまう。でも、たとえソニア様がフィーゴ様のために猫になったとしても、フィーゴ様は鈍感そうだから、ソニア様の気持ちには気づかないかしら？　フィーゴ様も鈍感そうだし、なかなか難しそうね。

「にゃ」

遊び疲れて休憩している時に「フィーゴ様も罪な男だわ」と思いながら、右の前足をフィーゴ様のお腹に当ててると、フィーゴ様がしまりのない顔になった。

「可愛いぃ！」

フィーゴ様のキャラが崩壊してしまっているのが気になるけれど、今日は仕事もお休みだし、別にいいわよね。

ちなみに、仕事がお休みなのにフィーゴ様がライリー様の執務室にいるのは、自分の目の届かないところで仲良くされるのは嫌だとライリー様がワガママを言ったからである。

「フィーゴ、俺が猫化してやろうか」

「ご遠慮します！」

「即答だな、おい」

ライリー様はふんと鼻を鳴らした後、お仕事が忙しいのか、書類に目を戻した。

「マリアベル様、お腹すきませんか？　猫でも人間でも食べられそうなお菓子を用意しましたよ」

「にゃっ⁉」

お菓子⁉　でも猫って、味のあるものを食べてもいいのかしら？

私の胃が猫のものなのか、人間のものなのか分からないのよね。

「チョコレートは食べたら大変なことになると聞いていますし、絶対に駄目ですから、違うものにしましたよ」

「にゃー」

チョコレートは高級品だから、滅多に食べられないんだけど、どうして、チョコレートの話が出たのかしら？

食べられないなら名前を出さなくてもいいのに……。

「チョコレートを誕生日プレゼントにもらったので、マリアベル様が人間に戻ったら食べましょう」

「にゃ、にゃ、にゃー！」

い、い、いいんですか⁉

チョコレートは、私が住んでいたところではあまり売られていなくて、誰かにもらってもエルベルに取られて食べたことがなかったんですよー！

両前足で何度もフィーゴ様のお腹をてしてしと叩くと、フィーゴ様の頬がゆるむ。

「殿下、見ましたか⁉　すごく可愛くなかったですか！　マリアベル様は猫界のプリンセスです！」

「にゃうー」

さっきは天使と言ってくださいましたが、プリンセスでもないです。

みんな、自分の家の猫さんがプリンセスやプリンスですからね。

「可愛い、可愛い」

デレデレしているフィーゴ様は私の頭や背中、眉間のあたりを優しく撫でてくれた。気持ちいいです。喉が鳴っちゃいそうです。

目をつぶって、ゴロゴロと喉を鳴らしていると、ライリー様が立ち上がって、こちらに近寄ってきた。すると、フィーゴ様が座っている向かい側のソファーに座った。

何か言いたそうにされているけど、やはり、フィーゴ様の誕生日ということもあり、我慢しているみたい。

「殿下、どうされたんですか」

「少しくらい休憩してもいいだろ」

「……しょうがないですね。少しだけ、マリアベル様をお貸ししますよ」

「お前のものじゃないだろ」

「今日は僕が猫のマリアベル様を独り占めしてもいい日じゃないですか」

「それはそうかもしれないが……」

フィーゴ様は私の両脇を手でつかんで、ライリー様に渡そうとしてくれたのだけど、その際、お尻を支えてくれなかったので、足がぶらーんとなってしまった。

できれば、お尻を支えてもらいたかったですけど、ライリー様が怒るから駄目なのね。

まあ、私は本当の猫じゃないし、今回は許すとしましょう、って、なかなか、ライリー様が受け取ってくれない。

どうして？

「足が、ぶらぶらして、可愛い」

「殿下、見てください！　後ろ姿も可愛いです！」

「本当に可愛いな」

フィーゴ様だけでなく、ライリー様までデレデレになってしまった。

猫ってすごいわ！

結局、ライリー様に私が手渡されるまでかなり時間がかかった上に、その後、美味しいお菓子を食べさせてもらい満腹になった。

そして、ライリー様とフィーゴ様に撫で撫でされて、気持ちよくなってしまった私は、いつの間にか眠ってしまっていたのだった。

＊＊＊＊

「気持ちよさそうに寝てるな」

「殿下、起こしちゃ駄目ですよ」

「って、お前は撫でようとしてるだろ」

「しーっ！」

フィーゴは自分の膝の上ですやすやと眠っているマリアベルの背中を優しく撫でてから言う。

「マリアベル様に聞かれてもいいことだと思うので、今話しますが、エルベル嬢のところにソニアが行っているみたいですね」

「ああ。エルベル嬢は修道院でも大人しくしていないみたいだ」

「エルベル嬢は妹だったから、マリアベル様に何か思うことがあったとしてもおかしくはないですが、キラック公爵令嬢は何なんでしょう？　殿下が好きだから、ですか？」

「さあな。ただ、そうであったとしても、していいことと駄目なことの区別がつかないのは困ったもんだ」

ライリーは大きく息を吐いてから続ける。

「あと、マリアベルの元婚約者がマリアベルに会いたがっているのも気になる。会って何を話すつもりなんだか」

「よりを戻したいとかじゃないんですか」

「皇太子の婚約者にそんな話をするつもりか」

ライリーが鼻で笑うと、フィーゴは苦笑して言う。

「マリアベル様次第じゃないんですか？　マリアベル様が元婚約者にそんなことを言われて、よりを戻したくなったら……」

「……分かってる」

ライリーは目を伏せた後、勢いをつけて立ち上がる。

「さて、仕事の続きをするか。明日はキラック公爵邸に行くんだ。そのついでに、元婚約者にも確認してみる」

「承知しました。では、お仕事頑張ってください」

すやすやと眠るマリアベルの寝顔を見た後に、フィーゴはライリーの方を見て微笑む。

ライリーは眉根を寄せて不満そうな意思を示したが、寝ているマリアベルを見て頬をゆるませると、何も言わずに仕事を再開した。

結局、フィーゴ様の誕生日は、私が甘やかされて気持ちよくなっただけで、私がプレゼントをもらったみたいになってしまった。でも、フィーゴ様は満足してくださったみたいなので、よかったことにする。

そして、次の日である今日は、ライリー様はキラック公爵家に行っている。

フィーゴ様がライリー様の影武者として、執務室で仕事をすることになり、ライリー様は皇宮警察の若手として、見た目を変えて行かれたのだった。

皇宮警察のトップの人はさすがにライリー様が姿を変える魔法を使えることを知っているので、上手く話をつけてくれたんだそう。

どんな姿か気になるけれど、私はお留守番なので分からない。気になりはしたけれど、昨日、色々なものをお休みしたので、私も忙しく、あっという間に時間は過ぎていった。

夕方になり、さすがに帰ってきているかと思って、ライリー様の執務室に向かおうか迷いながら、部屋の窓から見える中庭に目をやった時だった。

若い男女にはさまれて歩く、テッカらしき人の様の姿が見えた。

表情までは分からないけれど、宮殿の敷地内を自由に出入りできる子供はテッカ様しかいないはずだから、テッカ様だと思われる。

テッカ様の横にいる人達は、一瞬、彼のつき人かとも思ったけれど、そうではなさそうで、テッカ様はその人達と手を繋いで、中庭を散策しているようだった。

この時間に散策なんて珍しいわね。

別にやってはいけないことではないけれど、もう空は薄暗くなってきているし、楽しそうな雰囲気にも見えなくて、何だか気になってしまった。そのまま姿を追っていると、テッカ様は2人の手を振り払い、宮殿に向かって走り出した。

貴族らしき男女2人は顔を見合わせて肩をすくめたあと、テッカ様を追いかけるわけでもなく、ゆっくりと宮殿に向かって歩を進めていく。

何かあったのかしら？

テッカ様の部屋は私とそう遠くないので、偶然を装って会ってみようと決めた。テッカ様が何か話をしたそうにされたなら、さっきまで一緒にいた人が誰だか聞いてみようと思い、部屋を出た。

テッカ様が部屋に戻られるなら上がってこられると思われる階段に向かっていると、階段を駆け上がってくる音が聞こえたので、早足になって急ぐ。

私つきの侍女達が不思議そうにしていたけれど、あとで謝ることにして、何とか階段のところまでたどり着くと、テッカ様が2階と3階の間にある踊り場まで来られたところだった。

「ごきげんよう、テッカ様」

息を何とか落ち着かせて笑顔で挨拶してみた。けれど、すぐにその笑顔は驚きのものに変わる。テッカ様は泣きそうな表情で私を見つめていたから、心配になって尋ねてみた。

「テッカ様、どうかなさったんですか？」

「……マリアベル様」

私が尋ねると、テッカ様はくしゃりと顔を歪めて大粒の涙を浮かべた。

さっきの人達から何か酷いことでも言われたの!?

心配になって階段を駆け下りて、テッカ様の前にしゃがみ込んで、彼の顔を覗き込む。

「ご迷惑でなければ、お話を聞かせてください。テッカ様が悩んでいらっしゃる問題を解決することはできないかもしれませんが、お話をすることで少しは気持ちが楽になるかと思いますから」

「……ありがとうございます。でも、こんな話をマリアベル様にしてもいいのかどうか分からないんです」

「……そんなに深刻なお話なのですか?」

「マリアベル様に関係する話ですから……」

テッカ様は口をへの字に曲げ、悔しそうな顔をして両手に握りこぶしを作る。

「私に関係する話?　私の悪口とかですか?」

「悪口とまではいかないですけど、きっと嫌な気持ちになると思います」

「私の気持ちを考えてくださるなんて、テッカ様はお優しいのですね」

微笑むと、テッカ様は何度も首を横に振る。

「優しくなんかないです！　弱いだけなんです！」

「テッカ様が弱いかどうかは私には分かりません。それに、私は弱くてもいいと思います。逃げる時には逃げて、いざという時に立ち向かえれば良いんじゃないですか？」

「でも、僕は弱いから、立ち向かう勇気がないんだ」

「テッカ様はまだお若いんです。弱くて当たり前です。けれど、強くなりたいと願うのならば、すぐには無理でも強くなれるはずです」

「……本当に、そう思いますか？」

「もちろんです」

テッカ様は忘却魔法を使えるけれど、自分自身にかけることはできない。

もしかして、テッカ様が忘却魔法を使えるようになったのは、自分の記憶を消したかったからら？

確信は持てないけれど、あの2人の姿を思い出すと、なぜだかそんな気がした。

「マリアベル様、お部屋に移動されてはいかがでしょうか」

「そうね」

気を利かせてくれた侍女に促され、テッカ様と一緒に私の部屋に向かった。

そういえば、テッカ様にはメイドがついていないのかしら？　まだ子供なんだし、一人だけにするのはどうかと思うんだけど……。

考えてみたら、私だってテッカ様と仲が悪いわけではないんだけれど、宿屋で働かなくなってからはライリー様の側近の中では一番接点がないのよね。

普段は学園に行っておられるから、どうしようもないし、この機会に仲良くなれたらいいなとも思う。

でも、テッカ様の顔を見ていたら、そんなことを考えている場合ではなさそうね。

メイドにリラックス効果があるというお茶を淹れてもらい、とにかく、何があったのか、お話を聞くことにしたのだった。

＊＊＊＊

テッカと手を繋いでいた男女は宮殿に戻り、テッカの部屋に向かった。すると、テッカづきのメイドからは彼は部屋に戻っていないと言われたため、テッカと同じ黒い髪に赤色の瞳を持つ男性は眉根を寄せた。

「どこに行ったんだ。親の手を振り払って逃げ出すだなんて、皇太子殿下は甘やかしておられるんだな」

「本当にあの子は困った子だわ。皇太子殿下の側近になったと聞いた時は、ドリルベ家の役に立つと思ったのに、お荷物なのは本当に変わらないのね」

金色の髪に青色の瞳を持つ女性は、白い頬に手を当てて表情を歪めた。

「まあいい。チャンスはまだあるんだ。今日のところは帰ることにしよう」

「そうね。家にはテッカと違って、可愛い娘と息子が待ってるわ」

テッカの母がふふ、と笑うと、テッカの父であるドリルベ公爵も微笑んで頷く。

「皇太子殿下の側近だなんて、周りからどれだけ羨ましがられたか。ただ、我が家にとってはお荷物だから、家にはいらない。あいつはいつまでたっても魔法が使えないんだからな」

テッカの両親は顔を見合わせると、行方不明になっているテッカを探すこともなく、帰途につくことにした。

テッカは自分自身を守るために、両親の記憶を操作していた。

なぜなら、忘却魔法が使えることが分かれば、彼らに利用されるのが目に見えていたからだ。

＊＊＊＊

お茶を淹れてくれたメイドや侍女が部屋から出ていった後、私とテッカ様はパッチワーク柄のソファーに並んで座って話をすることにした。

男性と2人きりになる上に隣に座るだなんて、と言われるかもしれないけれど、テッカ様はまだ7歳だし、この年頃の子供よりも一回り小柄だ。テッカ様の手首はつかんだら、簡単に折れてしまいそうなくらいに細いから、力勝負では簡単に私が勝てそうだった。

本来なら、ライリー様がここにいてくれるのが一番なんだけれど、まだ帰ってきておられないようだし、侍女にはライリー様が帰ってこられたら伝えてもらうようにお願いしておいたので、それまでは私一人で話を聞くことにした。

「テッカ様、とにかく、お茶を飲んでゆっくりしてください」

「……ありがとうございます」

テッカ様は小さく頭を下げてから、カップを手に取り、お茶を一口飲んだ。

「飲んだことのない味だ……。でも、すごく美味しいです」

「そうなんですか？　ポピュラーなお茶らしいんですけど、あまり、テッカ様はお茶を飲まれないんですか？」

聞いてみたはいいものの、テッカ様はまだ子供だということを思い出す。

「ごめんなさい。ジュースの方がよかったですか？」

「いいえ。ジュースも好きだけど、このお茶も美味しくて好きです」

テッカ様はいつも大人びた顔をされるのだけれど、今日はとても柔らかい雰囲気で、子供らしいといえば子供らしかった。

ライリー様が帰ってこられたら、お願いして、また猫にしてもらおうかしら？　そうしたら、テッカ様も少しは元気になってくださるかも。

そんなことを思っていると、テッカ様が話し始める。

「動揺してしまって申し訳ございませんでした。久しぶりに両親と会って、嫌なことを思い出したんです。それに、訳の分からないことを頼んできたから」

ライリー様の側近の人達がご家族とうまくいっていないことは知っているけれど、テッカ様とハインツ様については詳しい話を知らなかった。

話を促してもいいものか迷っていると、テッカ様の方から話してくれる。

「僕には兄と姉がいるんですけど、兄達は小さな頃から攻撃魔法が使えて、とても優秀なんです」

「魔法が使える人自体、人口的には少ないですし、攻撃魔法を使える人は、もっと少ないですものね」

「そうなんです。でも、兄と姉が使えるから、両親は僕にも攻撃魔法が使えると思い込んでいたんです」

話を聞いてみると、お兄様とお姉様は本当にエリートのようで、5歳くらいの頃には攻撃魔法が使えたんだそう。けれど、テッカ様は5歳になっても、魔法が使えなかったらしい。

正確には攻撃魔法は使えないけれど、忘却魔法は使えるようになっていたそうだから、エリートであることに変わりはないと思う。

「忘却魔法が使えることをどうして言わなかったんですか？」

「いざという時に使えなくなるのが怖かったんです。それに、利用されると思ったから……」

「利用される……？」

子供を利用しようとする親なんて信じられない。

テッカ様が言いにくそうにしているので、何だか、これ以上は聞いてはいけない気がして、話題を変える。

「で、私に関係する話とはどんなものなんですか？」

「気を悪くしないでほしいんですが……」

「大丈夫ですよ。テッカ様が思ってらっしゃることではないと分かっていますし」

「ありがとうございます。……両親は殿下に、僕の姉を紹介しろと言ってきました。その、姉と殿下との仲を取り持てと言うんです」

「……そうだったんですか」

突然、現れた私なんかより、由緒正しい自分の家の娘を嫁にしたいという気持ちは分からないでもないわ。皆思っていることだもの。

「テッカ様、ぜひ、ライリー様に姉を紹介したいという話をしてみてください」

「……え？」

「紹介しろと言われたんでしょう？　とにかくその話をすればいいのです。会う、会わないかは、ライリー様が決めることですから」

にっこりと微笑むと、テッカ様はきょとんとした顔をして私を見つめた。

だって、紹介しろと言われても、ライリー様には断る権利があるんだから、テッカ様はその話をしただけで、ミッション完了よね？

＊＊＊＊＊

キラック公爵家での取り調べは難航した。

キラック公爵もカエラも何も知らないと言い張るばかりで、エルベルの件には関与していないと嘘をついてきた。

そのことはいずれ証拠を突きつけるからいいとして、マリアベルの元婚約者のことを思い出すと、ライリーは嫌な気分になった。

ライリーが目の前にいるとは思っていなかったビークスは、聞いてもいないことまで話し、マリアベルは自分の元に戻りたがっているはずだと言った。

ビークスがマリアベルに会いたがっている理由が分かったライリーは、彼を諦めさせるためにも、マリアベルと会わせた方がいいか迷っていた。

(元婚約者に会って、やっぱり、元婚約者が好きだと言われたら辛いんだよな……)

皇太子がこんな情けなくてどうするんだと頭を抱えたあと、とりあえず、マリアベルに会おうと思ったライリーは馬車から降り、城の中に入ったところで、テッカの両親が近寄ってきた。

「皇太子殿下！　お会いできて光栄です！」

ライリーは、彼らがテッカに対して酷い扱いをしていることを知っている。そのため、嫌悪感を表に出さないように気をつけて、笑顔を作る。

「来ていたのか」

「ええ。また、テッカからお話があるかと思いますので、ご検討の方をよろしくお願いいたします」

「……どういうことだ？」

ライリーが訝しげに尋ねると、ドリルベ公爵夫妻は満面の笑みを浮かべ、自分達がテッカに頼んだ内容を伝えた。

「というわけですので、ぜひ一度、娘に会っていただきたいのです」

「……俺が選んだ婚約者が気に入らないと言いたいのか？」

自慢の娘を紹介したのだから、喜んでもらえると思っていたドリルベ公爵夫妻だったが、ライリーの言葉と怒りの表情を見て、震え上がったのだった。

＊＊＊＊＊

「テッカ。今日、両親と会う約束があると、なんで俺に連絡しなかった」

テッカ様がここにいると分かったライリー様は、こちらからお伺いするまでもなく、私の部屋にやってきて、眉根を寄せて厳しい口調で言った。

「ご、ごめんなさい。だって、殿下は今日は出かけるって言っていたから、伝えても意味ないかと思って……」

「それとこれとは別だろう。今日だって分かっていたら、何とか都合をつけていたし、会う時間までには帰ってきてた」

「ごめんなさい」

テーブルをはさんで向かい側に座るライリー様に、テッカ様がしゅんと肩を落として頭を下げた。

「ライリー様、そんな言い方をしなくてもいいじゃないですか。何か機嫌が悪そうですけれど、キラック公爵令嬢の家で何かあったんですか？」

「……いや、その、それはまたあとで話すとして。テッカ、苛立った言い方になってしまったのはすまない。イライラしているのは、お前の両親に会ったからで、お前に対してじゃない」

私にたしなめられて、ライリー様はテッカ様に謝った後、ちゃんと理由を教えてくれた。

「もしかして、テッカ様のお姉様の件ですか？」

「……なんでマリアベルが知っているんだ。って、テッカから聞いたのか？」

「はい」

正直に頷いてからテッカ様を見る。

「だから、マリアベル様に相談させてもらっていたんだ。ごめんなさい、勝手な真似をして」

テッカ様が肩を落としたまま言う。ライリー様もテッカ様を責めたかったわけじゃないから、すぐに首を横に振る。

「テッカが気にすることじゃない。すでに皇太子妃候補は決まっているのに、自分の娘はどうか、なんて言ってくる方がおかしい。いや、お前の両親におかしいというのは失礼か……」

「いいえ。僕だっておかしいと思いますから、気にしないでください」

テッカ様は大きく息を吐き、顔を上げて立ち上がる。

「もう殿下が知っているんなら、僕は大丈夫。殿下、あとは任せてもいい？」

「かまわない。というか、返事はしておいた」

「そっか。ありがとう」

テッカ様は微笑すると、私を見て頭を下げる。

「マリアベル様、話を聞いていただいてありがとうございました。簡単な問題だったのに、カッとなってしまって、申し訳ないです」

「それだけ私の気持ちを考えてくださったのかと思うと、とても嬉しいですから、気になさらないでください」

「……ありがとうございます」

私の言葉にテッカ様は嬉しそうに頷いた後、部屋を出ていこうとする。

「もう帰られるんですか？」

「はい。長い間、姿を消していると、うちのメイドが両親に報告するんです」

何と答えたらいいのか迷っている間に、「失礼しました」と言ってテッカ様は部屋から出ていってしまった。

「……テッカ様は、ご両親に監視されているんですか？」

「そんな感じだな。メイドなども変えてやりたいけど、そこまで俺が管理するものじゃないと思っているから、テッカが頼んでくるまでは様子を見るつもりだ」

「別に監視されていても、ご両親に知られたくないことは、忘却魔法で消せばいいですものね」

ライリー様は頷いたあとも、まだ不機嫌そうな顔をしているので聞いてみる。

「キラック公爵家で何があったか、お話を聞かせてもらえませんか？」

「あまり進捗はない。キラック公爵令嬢は、何も知らないと否定しただけだ」

ライリー様は大きな息を吐いてソファーにもたれかかった。

それが不機嫌になっている理由とは思えない。だって、そんなことは最初から予想できていたはずだもの。

「他に何があったんですか？」

首を傾げて聞いてみると、ライリー様は渋々といった感じで、ビークスを取り調べた時の話を教えてくれた。

「ビークスは何を考えているんでしょう。私はよりを戻す気なんて一切ないのに！」

このままだと、私に会うまでビークスは諦めないようね。

こうなったら、ビークスに引導を渡すついでに、エルベルが誘拐されたふりをした件のことを聞き出してみましょう。

　そうすれば、芋づる式でキラック公爵令嬢を罪に問えるかもしれないわ。

「ライリー様、私、ビークスに会います」

「……なんで？」

「なんで、って、これ以上、しつこくつき纏われたくないからです。それから、その際はライリー様も一緒に立ち会ってもらえますか？」

「それはもちろん！」

　ライリー様が大きく首を縦に振ってくれたので、笑顔で尋ねる。

「ライリー様のご都合のよい日時を教えていただけませんか？　その日時にビークスに来てもらうようにします」

＊＊＊＊＊

「カエラ様、見てください！　マリアベルから手紙が届きました！」

　執事の仕事を終えたビークスが自分の部屋に戻っていったかと思うと、封筒を持ってカエラの部屋に戻ってきた。

「マリアベル様から!?　なんて書いてあるの!?」

「話がしたいから、宮殿まで来るようにと！　ああ、やっぱり、マリアベルは僕のことを忘れてなんてなかったんだ！」

「よくやったわ、ビークス。マリアベル様に会って、しっかり、彼女のハートを奪ってきてちょうだい！　あなたとマリアベル様が結ばれたら、傷心のライリー様に、あなたには私がいますって言うのよ！　そして、今度こそライリー様に選ばれるんだわ！」

「僕もちゃんと謝るつもりです。そして、今度は捨てたりしないって誓おうと思います」

　この時、カエラもビークスも、明るい未来が待っているとしか想像しておらず、実際は彼女達の想像と正反対のことが起きるなんて、思ってもいなかった。

＊＊＊＊

　宮殿の応接室で久しぶりに顔を合わせたビークスは、仕立ての良いダークブラウンのスーツを着ていて、まるでお見合いするみたいだった。

　ビークスを油断させるために、ライリー様は少しあとから入ってもらうことにしたので、今、この場にライリー様はいない。

ライリー様は嫌がったけれど、２人でないと話さないこともあるだろうから、とお願いして、ほんの少しの間だけ、扉の前で待っていてもらうことにした。

「久しぶりね、ビークス。元気にしていたの？」

彼がどんな風に過ごしているかは、ライリー様が人に調べさせ、私に教えてくれていたので、
聞かなくても分かっていたけれど、やはり礼儀は必要だと思って聞いてみた。

すると、ビークスは嬉しそうに頬をゆるめる。

「ああ。元気にしていたよ。でも、エルベルのこともあって、気持ちはだいぶ折れたかな。それに、あの時、君にあんなことを言ってしまって、とても後悔していたんだ」

「まあ、魅了魔法があったから、しょうがないといえばしょうがないわね」

最初は和やかなムードで会話をして油断させて、口を軽くさせないといけないと思っていた。

すると、ビークスはすでに私とよりを戻せると思い込んでいるのか、聞いていないことまで話してくれる。

「聞いていると思うけど、本当にエルベルは厄介な子だったんだよ。君に悲しい思いをさせてごめん」

「ビークス、別に謝らなくていいわ。あなたが婚約破棄をしてくれたから、私はライリー様に

出会えたわけだし」

「……待ってくれ、マリアベル。今日はよりを戻すための話し合いじゃないのか？」

ビークスは焦った顔をして私を見つめてくる。

何だか私が悪い人みたいになってきたわ。まあ、自分で自分を良い人だとも思えないけど。

「ごめんなさい、ビークス。私はあなたとよりを戻すつもりはないわ。魅了魔法で操られていたとはいえ、あなたは私を捨てたのよ？　普通なら、助けを求めている婚約者を、どうにかして助けようと考えてくれるものなんじゃないの？」

「慰謝料を渡しただろ⁉」

「そういう問題じゃないわ！　たとえ私のことが好きじゃなくても、あの時、婚約破棄する必要はあった？　家同士で決められたことだったのに！」

「あの時はエルベルの魅了にかかっていて、彼女と結婚することしか頭になかったんだ！」

「それはしょうがないと思っているわ。だけど、私が言いたいのはそんなことじゃない！　助けを求めていた相手を、簡単に放り出すような真似をしてほしくなかっただけ！」

私が言うと、ビークスは言葉を詰まらせた。

いくら冷静な判断ができなかったとはいえ、家族に捨てられた私を、保護することはできたはず。

私は、それを言いたかった。

「私は家族に捨てられたから、あなたとの婚約は、あなたが破棄しなくても勝手に解消になっていたはず。それなのに、婚約破棄してくれて、慰謝料まで払ってくれたことには感謝してるわ。だけど、その後のあなたの行動が一番辛かった！」

ここまで言って、なぜ、私がビークスに会う気になったのか、本当の理由が分かった。

エルベルを選んだのが原因じゃなくて、あの時の私に対する態度や、彼の考えが嫌だったんだわ。

魅了魔法がなくてもビークスは、他に好きな人ができたら、きっと同じようなことをするのだろうと思ったから。

「ねえ、ビークス」

「……何？」

「私が皇太子妃じゃなくて、平民になっていたら、あなたは私を選んだのかしら？」

「……平民では、その……、親がなんて言うか分からないし困るけど、でも、君は皇太子妃候補じゃなくても伯爵令嬢だから」

「そうね。あなたの言っていることは、貴族として正しい判断だわ。でもね、あなたに慰謝料をもらった時点で、私とあなたの仲は終わったの。それに、どうして、皇太子殿下の婚約者を自分が奪い返せると思うの？　ありえないでしょう？」

「そ、それはそうかもしれないけど、僕は君のことを！」

「私の何が好きだったの？」

「えっ⁉」

　問われたビークスは、しどろもどろになりながらも答える。

「だって、君はエルベルよりも常識人だし」

「エルベルよりも常識のある人は、数え切れないほどいるわ」

「ほ、他にもある！　君は皇太子妃に選ばれるような人だし！」

「……もう、いいわ。あのね、ビークス、あなたは気がついていないのかもしれないけど、今までの私の婚約者で魅了魔法にかけられていた人達は、エルベルが好きだからと婚約破棄してきた。なのに、あなたはどうだった？　魅了魔法にかけられていたままでは他の人と一緒。だけど、その後は違ったわね？　エルベルと一緒に私の不幸を笑おうとした。そんな人なんて好きになれない」

　ビークスはやっと、魅了魔法がどうこうではなく、自分のしたことが良くなかったのだと気がついてくれたようで、呆然(ぼうぜん)とした顔になった。

「……あの時は、ごめん」

「もういいわ。悪いと思うなら、私のことは諦めてちょうだい」

「……」

ビークスはエルベルと比べたら、まだ常識人だったみたい。

彼は俯き、少ししてから、無言で小さく首を縦に動かした。

その後、ライリー様を部屋の中に呼び、ビークスから色々と話を聞くことになった。

ビークスは、自分の罪を軽くしてもらう代わりに、キラック公爵令嬢に頼まれ、エルベルの偽装誘拐事件に加担したことを話した。

ビークスが話した内容から、誘拐事件に加担した人物達を遡っていくと、最終的にキラック公爵令嬢にたどり着いた。

こんなことをしなくても、犯人は分かっていたのだけれど、このような形をとらないと、裏で人を動かしていたことを知られてしまうので、手間がかかったけれど仕方がないと思う。

キラック公爵令嬢は大人しく罪を認めたけれど、なぜそんなことをしたのか、理由は一切話さなかった。

そうしている間に、キラック公爵が間に入り、お金で解決してしまった。

エルベルも承知の上での誘拐だったことと、犠牲者がいなかったため、重い罪にはならなかったからだ。

もし、犠牲者が出ていたら、かなり重い罪になっていたと思われる。キラック公爵令嬢は、ある意味、ライリー様に助けられた形になった。

キラック公爵令嬢が更生してくれることを、私は祈ることしかできなかった。

外伝1　皇太子の側近達と秘密の片想い

「はじめまして、フィーゴ・ミノンです。ライリー様の影武者をしています。これからよろしくお願いします」

「フィーゴは俺の影武者なんだ。だから、護衛についてくれるソニアとは、側近の中では一番関わりがあると思う。こいつが俺のふりをしている時に、ソニアが命の危険を感じたら、捨てて逃げていいからな」

「言い方が酷くないですか！　まあ、僕だって、命をかけてまで助けてくれとは言いませんけど！」

ライリー様に紹介されて、初めて顔を合わせた時のフィーゴの印象は、緊張感のない人だな、だった。

けれど、それはライリー様が安全な場所にいる時の顔だからであって、実際はそうではないことは、一緒に仕事をするうちに分かっていった。

彼には悲しい過去がある。それなのに、明るく、人に優しくできる彼が、最初は苦手だった。

だけど、いつからか、私は彼の笑顔を見ると胸が苦しくなるようになっていた。

私、ソニア・ノックスは、帝国に属する国の一つ、エルファスト国の公爵令嬢である。

私の家は女性を軽視する家柄ということもあり、小さな頃から、お父様とお兄様に馬鹿にされたり、酷い時には暴力をふるわれたりする生活を送ってきた。

私の唯一の味方はお母様で、お母様は私を助けるために、色々としてくださった。

お母様のおかげで、皇后陛下に出会い、皇帝陛下に助けられ、皇太子殿下であるライリー様に出会った。

そして、彼の側近になり、彼の護衛騎士にもなった。

女性騎士は世界的にも少ないので、私が正装をしていれば、ただの令嬢に見えるから、ライリー様の近くにいても警戒されないし、彼を守りやすい。

さすがに、人の多い場所でライリー様を狙ったりすることはないだろうけれど、万が一ということもある。

そして、ライリー様は望んでおられないけれど、万が一の時に身代わりになるために、彼はライリー様の近くにいた。

その彼というのは、フィーゴ・ミノン。他国の公爵令息でもある。彼も私と同じように、ライリー様に心を救われて、彼のために生きているといったような男性だった。

とあるよく晴れた日の朝、女子寮から皇宮に向かっていると、フィーゴが走っている姿が見えた。影武者として動いてはいるけれど、ミノン公爵令息としての姿も必要なため、汗などで落ちにくいメイクをして、素顔を知っている人間以外の前では、雰囲気は似ているけれど違う顔を作っている。

フィーゴはトレーニング中なのか、白シャツと茶色のズボンという、ラフな格好で皇宮の周りを走っていた。

「フィーゴ！　おはよう！」

「……！　おはよう、ソニア」

フィーゴは足を止めて、頬に流れてきた汗を服で拭うと、笑顔で私の方に向かってくる。

「こんな時間にトレーニングしていて大丈夫なの？」

「大丈夫だよ。今日は休みなんだ。僕とソニアで当番の時が多いけど、今日はハインツに交代してもらったんだ」

「そうなのね」

ライリー様の計らいなのか、それとも側近仲間のハインツの仕業なのか、私とフィーゴはペアで仕事をすることが多い。それに関しては、最近は皇太子妃候補であるマリアベル様も気づいているようだった。

マリアベル様は伯爵令嬢ではあるけれど、元々の大らかな性格のせいか、もしくは、平民のお友達がいるからか、貴族らしくないところが多い。

内情は違うけれど、家族で苦労されたのは私達と一緒だから、共通点もあるし、気さくな方だから、ライリー様のお相手がマリアベル様で本当に良かったと思っている。

「ソニアは仕事だろ？　もう行かないとやばいんじゃないのか？」

「え？　あ、まあ、そうね」

彼に頼みたいことがあって、どう切り出すかタイミングを図っていたんだけれど、彼はそんなことに気づく様子もないし、周りに人も集まってきたので立ち去ることにする。

「じゃあ、行くわ」

「あとで会うかもな。マリアベル様に会いに行くから」

「……マリアベル様に？」

「ああ。猫になってもらうんだ」

フィーゴが動物が好きなことは前々から知っていたけれど、マリアベル様が猫の姿に変わってからは、大の猫好きになってしまった。私もマリアベル様が猫になった姿は、普通の猫よりも可愛く見えるので、気持ちは分からなくもない。

けれど、フィーゴのデレデレ具合は酷すぎる。

「良かったわね。あまり、マリアベル様やライリー様を困らせないようにしなさいよ」

「分かっているよ。ソニアも仕事頑張って」

「ありがとう」

手を振ってくれるフィーゴに礼を言ってから歩き出すと、入れ替わりに、庭で掃き掃除をしていたメイド達がフィーゴに話しかける。

「おはようございます、フィーゴ様。今日は遅めの時間なんですね」

「今日は仕事が休みなんだ」

歩くスピードをゆるめて後ろを振り返る。メイド達に囲まれて苦笑している彼は、自分が魅了魔法を使えるから、女性に人気があるのだと思い込んでいる。

実際はそうじゃない。

彼の魅了魔法はコントロールできているんだから、人気があるのは彼自身の人柄だということに彼は気づかない。

やっぱり、パートナーになってほしいなんて頼むのは無理ね。

　そんなことを考えて暗い気持ちになったあと、気持ちを切り替えて、ライリー様の執務室に向かった。

◆◇◆◇◆

　ライリー様の執務室に入ると、水色のワンピース姿のマリアベル様が応接のソファーに座っていた。マリアベル様が来やすいようにと、今までは必要最低限のものしか置かれていなかった殺風景な執務室には、色々な可愛いものが置かれるようになった。

　マリアベル様はその中の一つ、黒猫のぬいぐるみを抱きしめた状態で、私に笑顔を向ける。

「ソニア様、お邪魔してます」

「とんでもないことです。マリアベル様にお会いできて光栄です」

「あの、今日はフィーゴ様に猫になるという約束をしてましして」

「知っています。さっき、外で会ったんです」

　微笑んで答えると、マリアベル様が突拍子もないことを言ってこられた。

「良かったら、ソニア様が猫になりませんか？」

「わ、私が猫にですか⁉」

「はい。ライリー様もかまわないと言ってくださっていますし、フィーゴ様も猫が私じゃなくても大丈夫だと思うんです。あ、猫になるのが嫌というわけではないんですよ？」

マリアベル様が遠回しに何を言おうとしてくださっているのかは分かる。やっぱり、マリアベル様は私の気持ちに気づいている？

もしかして、隠せていると思っているのは私だけで、他の人達にも知られているのかしら。

無言でマリアベル様を見つめていると、慌てた顔をして、両手を横に振る。

「あの、言ってみただけです！　いきなりそんなことを言われても、驚いてしまいますよね。ごめんなさい」

「そんな！　マリアベル様に謝っていただくようなことはされていません！　こちらこそ、そのように見られてしまう態度をとってしまい、申し訳ございませんでした」

深々と頭を下げると、マリアベル様が何か仰る前に、ライリー様が口を開く。

「2人共、悪くない、でいいだろう。それよりもソニア、仕事を始める前に確認しておきたいことがあるんだが」

「なんでしょうか？」

「今度、2日間の休暇を取っているだろ。なんの用事だ？」

2日間の休暇を取ることなんて今まで何度もあったし、おかしいことではない。ということは、ライリー様はその2日間に何があるのかを知っていらっしゃると判断して、素直に答えることにする。

「実家から呼び出しがかかっているんです。お父様が主催する夜会だそうで、ライリー様の側近である私もパーティーに出席すると招待客に伝えてしまっているようですので、さすがに出席しないわけにはいかなくなったのです」

私はお父様やお兄様達との仲は良くない。

けれど、お母様と離婚してもらう条件で、娘のままでいることを選んだ以上、参加しろと言われれば、よっぽどのことでない限り、参加せざるをえない。

「本当にいいのか？　その日に俺の仕事の予定を作ってもいいんだぞ」

「そう言っていただけるだけで十分です。今回が駄目なら違う日にまた改めてと言われるでしょうから、しばらく言われないためにも、顔を出しておこうと思います。ご迷惑をおかけしますが、よろしくお願いいたします」

深々と頭を下げると、ライリー様は仕事の手を止めて、眉をひそめる。

「無理してないか？」

「無理はしていません。精神的に厳しいようでしたら、必ずお伝えいたします」

「ならいい」

「……あの、ソニア様」

ライリー様と私の会話が途切れたところで、マリアベル様が申し訳なさげに声を発された。

「マリアベル様、どうかされましたか？」

「いえ。パーティーに出席されるということは、誰かパートナーを連れて行かれるのですか？」

「……今、一緒に行ってくれそうな人を探しているところです」

パーティーの日にちは刻一刻と近づいてきているので、お願いするなら、もうしないと間に合わない。けれど、頼みやすい相手であるハインツは既婚者だし、未婚の男性に知り合いがいないので困っていた。

「フィーゴには頼んだのか？」

ライリー様は、仕事どころではないと諦められたのか、元々、マリアベル様が猫になる予定だから、仕事を本気でするつもりがなかったのか分からないけれど、応接のソファーのところまでやってきた。そして、マリアベル様の隣に座り、私に向かい側のソファーに腰かけるように促してくださったので、素直に腰をおろしてから質問に答える。

「まだです。それに、私がお休みをいただくのに、フィーゴまで休んでしまったら、ライリー様にご迷惑をおかけしますし」

「ハインツがいるから大丈夫だ」

「ですが……」

「もし、よろしければ、私がお手伝いいたしますので、大丈夫ですよ」

渋っていると、マリアベル様が笑顔でそう言ってくださった。

ライリー様ならそう言ってくださると思っていたし、話をすれば、マリアベル様も背中を押してくださると分かっていた。でも、言えない理由はそれだけじゃない。

「まあいい。俺達がどうこう言うものでもないしな」

「ライリー様！　でも、このままじゃ、ソニア様は一人で出席することになりますよ」

「それまでにちゃんと見つけられるだろう？」

「ライリー様!?」

マリアベル様は困惑した表情でライリー様を見た。

こんな突き放すような言い方をされたのは初めてだったので、私も少し驚いたけれど、そう言われても当たり前の話なので、マリアベル様に微笑む。

「私も、もう子供ではありませんから、大丈夫ですよ」

「そんな……！」

マリアベル様が声を上げられたと同時に、執務室の扉がノックされた。

ライリー様が返事をすると、相手はフィーゴだった。シャワーを浴びてスッキリしたのか、それとも猫のマリアベル様と一緒に遊べることが嬉しいのか、満面の笑みを浮かべて中へ入ってきたけれど、私達がソファーに座って深刻そうな顔をしていることに気づいて、表情を引き締める。

「何かあったんですか？」

「いや」

ライリー様は首を横に振ったあと、私に指示される。

「ソニア、悪いが、取ってきてほしい書類があるんだ。財務部まで行ってくれるか」

「承知しました」

「あ、それなら、僕が行ってきましょうか？」

財務部がある場所は敷地内ではあるけれど、宮殿を出ないといけない上に、少し離れているので、フィーゴは気を遣ってくれたみたいだった。

「私が行くわ。あなたはお休みなんだから」

「悪いけど、頼む。フィーゴはここにいてくれ」

ライリー様は私に取ってきてほしい書類をピックアップして、紙に書いて渡してくださった。

その紙を受け取り、一礼してから執務室を出た。

あっという間に、パーティーの当日になった。

結局、誰にも声をかけられないままになってしまったので、一人で久しぶりの実家にやってきていた。いくら家族主催とはいえ、パートナーがいないのは辛いから、少しだけ顔を出したら、魔道具を使って、すぐに帰るつもりだった。

それくらい、この屋敷は大嫌いな場所でもある。

いつもポニーテールにしている髪をシニヨンにして、ダークブルーのイブニングドレスと同じ色の石のついたイヤリングをした自分を見た時は、いつもと違いすぎて自分でも驚いた。

イヤリングはマリアベル様の瞳の色と同じで、マリアベル様がお守りにとプレゼントしてくださった。石に邪気を払う効果があるという噂なんだそうで、「効果がなかったらごめんなさい」と謝ってくださっていたけれど、私を気遣ってくれているマリアベル様の気持ちだけで、十分邪気を払ってくれている気がした。

パーティーの開始時間が近づくと、会場には多くの人が集まり始めた。会場の外で時間を潰していると、私に近づいてくる人達がいた。

目の前に現れたのは、3人いるお兄様のうちの長男である、イージお兄様だった。

兄妹の中では、容姿が一番似ているお兄様で、髪の色や瞳の色も同じだった。イージお兄様は高身長で痩せすぎと言いたくなるくらいに痩せておられる。

昔もこんな感じだったかしら？

1年に1度くらいは顔を合わせているはずなのに、どんな体型だったか思い出せない。思い出せるのは、底意地の悪そうな顔だけだった。

そして、そう思わせてしまう、細く吊り上がった目は相変わらずだった。

黒のタキシードに身を包んだお兄様は、入口付近だと邪魔になるということで、私を人気のない場所に移動させると話しかけてきた。

「久しぶりだな。仕事は上手くやれているのか？」

「もちろんです」

「相手が皇太子殿下だからな。女はこういう時は有利で羨ましい。いつか、俺も皇太子殿下、いや、国王陛下の側近になれるように推薦してくれよ」

お兄様は私が女だから、ライリー様の側近になれたと思い込でいるようだった。実際はそうではないのだけれど、いちいち、訂正してあげる必要はない。

「ライリー様にはすでに優秀な側近がいらっしゃいますし、それは陛下にも同じことが言えますので無理です」

「おい。話をするくらいはいいだろう」

「無理だと言っています。大体、お兄様は公爵家の跡を継がれるのでしょう？」

「公爵家の当主よりも、皇太子殿下の側近の方が楽な気がする」

「お兄様、今、ご自分がどれだけ不敬な発言をされたのか理解していらっしゃいますか？」

私に馬鹿にされたと思ったのか、お兄様の顔から笑みが消えて、周りに多くの人がいるというのに声を荒らげる。

「兄に向かってなんて態度なんだ！　女のくせに！」

「女だとか男だとか関係ありませんでしょう？　私は、お兄様に理解できているかどうかを聞いただけなのですが？」

「生意気なんだよ！　というか、パートナーが見当たらないようだが、お前、一人で来ているのか？」

「……それが何か？」

大きく息を吐いてから答えると、お兄様は笑みを浮かべた。しかも、嫌な笑みだ。

「そうだよな。お前、どうせ、友達いないんだろ？　だから、誰かにパートナーになってもらうこともできなかった。その年になって婚約者もいないんだよなぁ。お前以外にそんな奴、もういないんじゃないか？　やばい奴だよなぁ」

「僕はソニアよりも年上で、婚約者も恋人もいないけど、あなたにやばいとか言われたくないな。別に他にもそういう人はいると思うし」

お兄様に言葉を返したのは私ではなかった。聞き慣れた声ではあるけれど、まさか、こんなところで聞く声だとは思わなかっただけに、姿を見た時は、二度見、いや、もっと見てしまった。

私の目の前に現れたのは、黒色の燕尾服姿のフィーゴだった。

「フィ、フィーゴ?」

「やあ、ソニア。っていうか、酷くないか。ライリー様からパーティーの日にちだけ聞かされて、詳しい話はソニアから聞いてくれって言われたから待っていたのに、君、全く連絡くれないじゃないか。誘いにも来てくれないし。なんで、一人で行っているんだよ」

「は、はあ?」

「はあ? って言いたいのはこっちの方だよ。ライリー様に聞きに行ったら、何か不機嫌そうな顔をされた上に、今すぐソニアの家に行くぞって、ここまで連れてこられたんだ」

転移の魔道具は、使う本人が行ったことのある場所にしか行けないので、ライリー様がわざわざ、ここまで転移してから、また帰られたみたいだった。

本当に申し訳ない。私が自分で誘えなかったばっかりに、ライリー様に手配してもらっていただなんて……。

きっと、当日までには私がフィーゴを誘うと信じてくださっていたのね。

「ごめんなさい。伝えるタイミングがなくって」

「いいけどさ。で、なんで、こんなところにいるんだよ。で、こちらの方は？」

フィーゴが呆然としているお兄様を見てから、私に尋ねてきた。

「私のお兄様よ」

「それは失礼。はじめまして、フィーゴ・ミノンです。ソニア嬢とは側近仲間で親しくさせていただいております」

「は、は、はじめまして」

側近仲間であり、名前を聞いたこともあってか、お兄様は丁重な姿勢になった。だからといってフィーゴは、先程のお兄様の発言を忘れたわけではなかった。

「で、婚約者がいないと、どうしてやばいのか教えてもらえますか？」

「いっ、いえ、そのっ！　何もありません！　ごゆっくりどうぞ！」

お兄様はそう叫ぶと、逃げるように早足でこの場を去っていった。

「何だ、あれ。あ、君のお兄さんだから、あれは失礼か。ごめん」

「あれ、でかまわないわ。物心ついてから、彼のことを兄だと思ったことはないから」

「……そうか」

フィーゴはしんみりした表情で頷いたあと、すぐに笑みを浮かべて、私の方に白手袋をした手を差し出す。

「ここまで来たんだ。ご一緒してくれますよね？」

「ええ。来てくれてありがとう」

照れくささを感じながらも、フィーゴの手の上に自分の手を乗せた。

エスコートしてもらうことは今までにもあった。だけど、それはフィーゴではなく、ライリー様の影武者としてだった。フィーゴとしてエスコートしてもらうのは初めてだから、頬がほんのり熱くなる。

「でもさ、ライリー様も酷くないか？　こんなことになるんなら、最初から教えてくれていたら、僕からソニアに話しかけていたのに」

「そう言われてみれば、なかなか会わなかったものね」

実は、決心がつかなくて、仕事中以外はフィーゴを避けていたのよね。

「お詫びにマリアベル様が猫になってくださるって言うから、まあ、いいんだけど。というか、マリアベル様は関係ないから、そこまでしてもらうのは逆に悪いんだけど」

「猫になるっていう約束は誰としたの？」

「マリアベル様もその場にいらしたんだ。だから、マリアベル様の方から言ってくださった」

「どうしよう。パーティーが終わったら、すぐに謝りに行った方がいいわよね？」

「夜に訪ねるのはあまり良くないんじゃないかな。明日の朝でいいと思うよ」

本当に私ったら何をやっているのかしら。帰ったら、一人で反省会をしないといけないわ。

その後は、お父様や他のお兄様に挨拶をして、パーティーが始まってからは、話しかけてくる招待客のお相手をした。

一段落ついた頃には、もう遅い時間になっていたから、フィーゴと一緒に宮殿の敷地内にある寮に戻り、化粧を落として、シャワーを浴びるとすぐに眠りについた。

「本当に申し訳ございませんでした」
「何をやっているんだよ。フィーゴが来た時には、俺だけじゃなくて、マリアベルもかなり驚いていたんだからな」
次の日の朝、ライリー様が私達の出勤時間よりも早い時間に執務室にいらしているのは知っていたので、お休みを取ってはいるけれど、彼の執務室に行って頭を下げると、大きく息を吐いてから呆れた顔をされた。

「申し訳ございませんでした。どうしても言い出しにくくて」

「どうして言い出しにくかったんだ？」

「それは……」

ライリー様は私の気持ちを知っておられるので、素直に伝えてしまうことにする。

「一緒の職場で働いている相手にそんな感情を持つなんて、許されることじゃないと思うんです」

「……何でだよ」

「だって、仕事をしに来ているんですよ!?」

「ソニア、お前は職場恋愛って言葉を聞いたことないのか？」

「……はい？」

「仕事場に恋愛をしに来ているっていうのとは違うだろ。一緒に仕事をしていくうちに相手を知って、プライベートでも会うことになったっておかしくない。俺はお前とフィーゴがそういう関係になっても、仕事を今まで通りにこなしてくれて、２人が幸せならそれでいい」

ライリー様の言葉に、胸がじんわりと温かくなった。

「ありがとうございます」

フィーゴがライリー様に、自分の命を捧げてもいいと思うくらいに忠誠を誓うようになった気持ちが分かる気がした。

って、普通にお礼を言っている場合じゃないわ。

急に恥ずかしくなって、一気に顔が熱くなる。

「やっぱりバレているんですよね」

「気づかないふりをするのも限界でな。気にしなくていい。気づいているのは俺とマリアベルとハインツとテッカくらいだから」

「私と関わりのある人全てじゃないですか！」

「別にメイド達に知られているわけじゃないからいいだろ」

「それはそうかもしれませんが……！」

恥ずかしい。恥ずかしすぎる。

「ちなみに、フィーゴにはバレていませんよね？」

「あいつは鈍いから、言葉にしないと気づかないと思うぞ」

私よりもフィーゴと長いつき合いであるライリー様は、呆れた顔で言った。

「そ、それはそうかもしれませんが、今の関係性を崩すのも嫌なんです」

その時、執務室の扉が叩かれた。

「誰だよ、こんな時間に」

まだ朝早い時間のため、ライリー様が眉根を寄せて返事をすると、中に入ってきたのはマリアベル様だった。

起きてすぐにいらっしゃったのか、普段着に着替えてはいらっしゃるけれど、髪の毛の寝癖が酷くて、あちらこちらに飛び跳ねている。

「おはようございます、ライリー様、ソニア様。朝早くから申し訳ございません」

「マリアベルなら気にしなくていい」

先程まで眉根を寄せていたライリー様だったけれど、分かりやすく相好を崩された。

「そう言っていただけるとありがたいですけど、あの、ソニア様、昨日は大丈夫でしたか？」

「おはようございます、マリアベル様。お2人のおかげで本当に助かりました」

「良かったです。でも、本当に焦ったんですからね！　これからは、言いにくいことがあったら、せめて私には相談してください！　私からフィーゴ様をお誘いしますから！」

「ありがとうございます、マリアベル様」

「ハインツ様とテッカ様も心配されていましたから、ちゃんと大丈夫だったとお伝えしてあげてくださいね！」

マリアベル様が少しだけ怒った顔で私に言った。

お兄様に友達はいないと言われて、否定はできなかった。でも、友達とは言えない関係かもしれないけれど、家族みたいに私のことを大事にしてくれる人達がいる。たとえ、友達がいなくても、私はそれで十分だし、とても幸せだと思った。

その日の昼休み、猫になったマリアベル様をライリー様に預けたフィーゴが、城内にある食堂に来ていたので声をかけた。

「昨日はありがとう」

「役に立てたならいいよ。一緒に食べようか」

「ええ」

食堂のシステムは、メニューの中から食べたいものを選んでカウンターで注文して、自分で空いている席に持っていって食べるというものだ。昼休憩の時間だからか、大きな食堂だというのに、空いている席は少なめだった。

「ソニア、先に行って席を取っていてくれないかな。君の分も一緒に運ぶから」

「分かったわ」

比較的、奥の方だと人が少なくて空いている席があったので、そこに座って待っていると、2つのトレーを抱えたフィーゴがやってきた。

トレーを3人がけの丸テーブルの上に置いて、私と向かい合うようにフィーゴが座る。

「ありがとう」

「どういたしまして。それにしても食べる量、これで足りるのか？　僕のを分けようか？」

「あんまり食べ過ぎたら、お腹がいっぱいになって眠くなっちゃうでしょう」

「それもそうか。でも、眠るほどの余裕あるっけ？」

「ないわね。なんだかんだと忙しくて、席に座っているだけなんてことはないもの」

「だよね」

フィーゴは楽しそうに笑う。

仕事が忙しいという話をしているのに楽しそうなのは、ライリー様のお役に立てていることが実感できるからだろう。

腹が立つことに、そんな彼が好きなのだ。理由は分からない。「好きになったきっかけは？」と誰かに聞かれても答えられない。知らない間に彼を意識して好きになってしまっていた。

焦って気持ちを伝えて、彼との仲をおかしなものにしたくない。

「フィーゴはライリー様のことが好きよね」

「好きだよ。でも、ソニアのことも僕は好きだよ」

さらりと流れるようにフィーゴの口から出てきた言葉に、持っていたフォークを手から落としそうになった。

「な、何をいきなり」

「ハインツのことも、マリアベル様のことも好きだ」

「……そういうこと」

そうだった。彼はこういう人なのだ。

ライリー様が言っていたように、言葉にしないときっと伝わらない。でも、私だって、彼の気持ちは分かる。

「私もライリー様のことも、ハインツのこともテッカのことも、マリアベル様のことも、それから、あなたのことも好きよ」

「ありがとう」

フィーゴが食事をする手を止めて、嬉しそうに微笑んだ。

意気地なしだと言われてしまうかもしれないけど、私は今の状況で十分幸せだ。

もちろん、いつかは伝えないといけない日がくるはず。でも、それまではこのままの関係でいい。だって、私は他の仲間のことも大好きだから。

「ハインツ！　一緒に食べましょうよ」

私達の姿を見かけて、踵(きびす)を返そうとしたハインツに声をかけると、ハインツは「せっかく気

を利かせたのに」と言わんばかりの顔をして私を見た。
私の幸せは私が決めるんだから、気にしなくていいのに。
そう思って、フィーゴと一緒にハインツを手招きした。

外伝2　女学生と子ダヌキ

　これは、私、マリアベルが学園生活を送っていた時の話だ。

　学生時代の私はエルベルの影響もあって、友人は少なかった。だけど、一人もいなかったわけではない。

　とある日の放課後、私にとって貴重な友人のレイニーと一緒に教室を出て、学園の敷地内にある馬車の乗降場に向かっていた。乗降場に続く渡り廊下を歩いていると、甲高い声が聞こえてきたので私とレイニーは、同時に足を止めた。

「人の服が落ちているんだけれど⁉」

「男子生徒の制服かしら？」

　数人の女子生徒が輪になって騒いでいるのが目に入ったその瞬間、こちらに向かって何か小さな生き物が走ってくるのが見えた。

「マリアベル！　こっちに来るわ！」

　レイニーは悲鳴を上げて逃げ出したけれど、私は好奇心の方が勝ってしまい、その場を動かずにいた。そんな私に向かってレイニーが「危ないわよ」と叫んでくる。

「危ないと思ったら逃げるわ」

冷静に答えると、レイニーは私を置いて逃げるわけではなく、少し離れたところで見守ってくれることに決めたようだった。

謎の動物は私に近づくにつれて動きが遅くなり、最終的にはトコトコと小走りで私に近づいてきた。動物は私の足元までやってくると、助けを求めるかのように後ろ足で立ち上がり、前足を私の足にかけた。

あまり見たことのない生き物で、私にはその動物の名前が分からなかった。けれど、とても可愛らしい顔をしている。毛は硬そうに見えるけれど、太めの尻尾がしましまでつい撫でたくなるような愛くるしさだった。

「この子、珍しい種類ね」

猫くらいの大きさで、茶褐色と灰褐色の毛並みを持つその動物は、一生懸命私に何かを訴えようと前足を動かしている。だけど、何を言おうとしているのかさっぱり分からない。

「マリアベル、それはタヌキって言うのよ」

レイニーは動物が好きで、この国では珍しい獣医師を目指している。だから、動物には詳しかった。

「タヌキは私達の住んでいる国では珍しい動物よ。それなのにどうして学園内にいるのかしら。

しかも、まだ子供だわ。あら、尻尾に柄があるわね。タヌキにはないはずなんだけど……」

「これ以上大きくなるの？」

「そうよ。もうひと回り以上大きくなるわ。誰かが連れてきたのかもしれない。とにかく先生を呼んでくるから待っていて。マリアベル、可愛くて無害に見えるかもしれないけれど、触っちゃ駄目よ。どんな病気を持っているか分からないんだから」

「分かったわ」

私が頷いたのを確認すると、レイニーは急いで職員室の方に向かっていった。

「といっても、困ったわね」

レイニーに言われた通りに、距離を取るために離れようとしても、タヌキというその動物は必死に私のあとを追いかけてくる。

可愛い。可愛いけれど、噛まれたり引っ掻かれたりしたら大変なので、言葉が通じないと分かってはいるけれど、子ダヌキに話しかけてみる。

「ごめんね。あなたに触れることはできないの。あなたが病気を持っているかもしれないから」

すると子ダヌキは、後ろ足で立ったまま、ぶるぶると首を横に振った。

「どういうこと？　病気は持ってないって言っているの？」

子ダヌキは今度は首を縦に振ってから、必死につぶらな瞳を私に向けて何かを訴えてくる。

「えっと、私に何かしてほしいことがあるの？」

小ダヌキはまた首を縦に振ると、女子生徒が騒いでいる方向に顔を向けた。

「この服どうする？　先生に届けた方がいいのかしら」

そんな女子生徒の声が聞こえてきた。すると、子ダヌキはなぜかオロオロし始める。

誰かがいたずらか何かで魔法をかけて、男子生徒を子ダヌキにしたとかかしら？　でも、人を変身させる魔法が使える人なんて聞いたことがないわ。

人の言葉が通じる子ダヌキは、彼女達が言っている男子生徒の制服がどうしても欲しいみたいだった。

「あの服が欲しいの？」

聞いてみると、子ダヌキは何度も首を縦に振り、短い前足を必死に私の方に伸ばして訴えてくる。

可愛い。病気がないと分かっていたら抱っこしたい！　――って、そんなことを考えている場合じゃないわね。

「その制服の持ち主が誰だか知っているから、私が預かってもいいかしら？」

子ダヌキには身を隠すように言ってから、女性生徒達に近づいて話しかけてみた。すると、彼女達もどうしようか迷っていたらしく、安堵したような表情を浮かべて、男子生徒の学生服を私に渡してくれた。

　私が通っている学園の制服は、女子生徒は紺色のワンピースにリボンタイ。そして、そのリボンタイの色は学年によって色が違う。私のリボンタイを見て、私の方が学年が上だと分かった女子生徒の一人が敬語で尋ねてくる。

「お知り合いの方のものなんですか？」

「ええ、そうなの。どこかに落としたっていうから手分けして探していたの。本当に信じられない話よね」

　まさか、子ダヌキにお願いされた、なんて言えるはずもなく、苦笑して答えた。

　嘘は良くないけれど、こういう場合の嘘はついてもいいわよね？

「見つかって良かったですね」

　後輩の女子生徒達は疑う様子もなく口々にそう言って、私に一礼してから去っていった。彼女達を見送ったあとで、近くの低木の後ろに隠れさせていた子ダヌキに声をかける。

「ほら、あなたが望んでいたものよ」

　子ダヌキは廊下に出てくると後ろ足で立ち上がり、制服をちょうだいと言わんばかりに短い手を伸ばしてくる。

「あなた、これを着るつもり？　サイズが合わないでしょう。それにズボンのベルトが重いか

ら、あなたには持てないと思うわ。どこへ持っていったらいい？」

子ダヌキは二足で立っているのが辛いのか、よろよろとよろめいたかと思うと、バタンと前に倒れた。

「大丈夫⁉　可愛いけど、そんな感じで自然界でやっていけるの⁉　それとも、やっぱり誰かに飼われているの？」

尋ねてみると、子ダヌキは困ったように首を傾げた。

「飼われてるんじゃないの？　野生なの？」

今回の質問には迷わずに首を横に振る。

「ということは、やっぱり飼われているのよね」

もしかすると、この制服は飼い主のものなのかもしれないわ。飼い主の匂いがするから必死に欲しがっているのかも。

こんなおっちょこちょいな感じじゃ、野生ならすぐに他の動物に殺されてしまうはず。だから、誰かに飼われていないとおかしいわ。となると、病気は持っていないだろうし、抱き上げてもいいかしら。

人間でいう顎のあたりを廊下に打ちつけた子ダヌキは、しょんぼりした様子で四足で立つと私を見上げた。

「あなたのお家はどこ？」

しゃがみ込んで尋ねた時だった。

「マリアベル！」

レイニーの声が聞こえたので、立ち上がってから振り返る。すると、子ダヌキはなぜか私の後ろに隠れただけでなく、足にしがみついてきた。

「マリアベル！　駄目よ、離れて！　危ないわ！」

レイニーが叫ぶけれど、子ダヌキは私の右足に前足を絡めて放そうとしない。

「離れようとしても無理よ。こんな感じなんだから！」

「おかしいわね。飼われているにしても、知らない人間にそんな風に懐くような動物だとは思えないんだけど？　あなたが飼っているとかじゃないわよね？」

「そんなわけないじゃない！」

大きな声で否定すると、レイニーが謝ってくる。

「ごめんなさい。そうよね。もし飼っていたら、あなたは教えてくれているはずよね」

「ああ、これは大変だ！」

そう言って、レイニーの後ろから身なりの良い中年の男性が現れて駆け寄ってくる。その男性が近づいてきたところで、相手が誰だか分かった。この学園の学園長だった。

「君が助けてくれたんだね。ありがとう。この方は私が預からせてもらうよ」

「もしかして、この子ダヌキは学園長の……？」

「え？　あ、まあ、いや、そういうわけではないんだが、危険な動物かもしれないしね。ところでその制服は、子ダヌキと一緒にあったのかな？」

「一緒にあったというか……」

子ダヌキが必死に欲しがってたので、と答えたりしたら、タヌキと会話したと思い込んでいる変わった生徒と思われても嫌なので、何も言わないことにした。

ただでさえ妹のエルベルが目立っているから、姉妹揃ってお騒がせみたいに思われても嫌なのよね。

「そうです。近くに落ちていました」

「そうか。ありがとう」

そう言って学園長は子ダヌキを抱き上げた。子ダヌキは嫌がらなかったけれど、学園長の腕の中で私につぶらな瞳を向けてくる。

「もう迷子にならないようにね」

手を振ると、子ダヌキも前足を横に振ってくれた。

「何なの、あのタヌキ。まるで人間の言葉が分かるみたいね」

子ダヌキと中庭に落ちていた男子生徒の制服を持って校舎に戻っていく学園長の背中を見ながら、レイニーが驚いた顔で話しかけてきた。

「そうね。でも可愛かったわ。それにしても、どうして学園長が？　職員室に他の先生はいなかったの？」

「そうじゃないのよ。職員室に行って先生に事情を話したら、学園長を呼びに行くって言い出したの。タヌキを見かけたら学園長に知らせるように言われているんですって」

「そうなの？」

「らしいわよ」

そんなにタヌキが頻繁に出るような学園ではないと思うんだけど、もしかすると学園長が密かに学園内のどこかで飼っていらっしゃるのかしら？　でも、男子生徒の学生服を持っていくのも何だか変ね。

そこまで考えたけれど、どうせ答えは出ないのだからと思考を切り替えて、私とレイニーは帰宅することにした。

◆◇◆◇◆

次の日の朝、自分の席に着くと、女子生徒に人気のあるクラスメイトのフェールが近寄ってきた。フェールとは何度も同じクラスになっていて、私にとっては数少ない男性の友人である。

「おはよう、マリアベル」

「おはよう、フェール」

ダークブラウンの髪に涼しげな水色の瞳を持つ眉目秀麗なフェールは、なぜか悲しげに眉尻を下げて話しかけてくる。

「昨日はありがとうな」

「昨日？」

「ああ。俺の制服を拾ってくれたんだろ？」

「え？　あれってフェールの制服だったの？」

「あ、うん。そうだったんだよ」

フェールはいつも明るい笑顔を絶やさない。だからこそ皆に人気があるのだけれど、今日の彼の表情は曇っていて、なんだかおかしかった。

「じゃあ、あの子ダヌキのことも知っているの？」

「そのことなんだけど、本当にごめん、マリアベル！」

フェールは自分の顔の前で両手を合わせて言う。

「あまり知られちゃいけないことなんだよ。だから、忘れてもらわないといけない」

「忘れる？　あの子ダヌキ、そんなに知られちゃいけない動物だったの？」

小声で尋ねると、フェールは首を縦に振る。

「本当は俺だって忘れてもらいたくない。だけど、こうしないといけないんだ。その代わり、マリアベルが困ったときには絶対に俺が助けるから」

「……何のことを言っているの？」

あの子ダヌキは人の言葉を理解しているようだったし、もしかしてかなり重要な秘密だったのかしら？　でも、どうしてそんなことをフェールが――

そう思ったとき、フェールの右手が私の額に優しく触れた。温かい何かを感じて、すぐにフェールから身を離すように後ろに仰(の)け反(ぞ)る。

「ちょっとフェール！　いきなり触れないでよ！」

「ごめん。ボーッとしていたみたいだけど大丈夫か？」

「大丈夫じゃないわよ！　あなたにそんなことをされたら、あなたを好きだっていう女子生徒から睨まれちゃうじゃないの！」

「悪い悪い。そうなったときは責任取るからさ」

フェールは両手を合わせて謝ってくる。正直、どうして彼が目の前にいるのか、今いち思い出せない。

「フェール、私達、さっきまで何の話をしていたんだっけ？」

「いや、何もしてないって。マリアベルがボーッと間抜け面して固まってるから、心配になって見にきただけだ」

「間抜け面ですって⁉」

ムキになって言い返した時、レイニーが私達のところへやってきた。

「2人共おはよう。仲が良いのはいいけれど、声が教室中に響いているわよ？」

「おはようレイニー」

私とフェールが声を揃えて挨拶をすると、レイニーが笑う。

「本当に仲が良いわよね。たしかフェールって、婚約者はいなかったわよね？　マリアベルも婚約者募集中だし、それだけ仲が良いんなら、フェールがマリアベルの婚約者になってあげればいいんじゃない？」

「そ、そうか、その手もあんのか」

フェールは動揺していた様子だったけれど、すぐに冷静になって頷いた。

いや、冷静にはなってないわね。私と婚約する気になってしまったのなら、一つも冷静になれていないわ。

「その手なんかないわよ。それに私、若いうちに殺されたくないの」

「いや、別に殺されるほど命を狙われるわけじゃないと思う！　その時はちゃんと守るしさ！」

「怖いこと言わないでよ！　そういう問題じゃなくって、女子生徒に恨まれたくないって言っているのよ！　とにかく、用事がないのなら今は離れて！」

他の女子生徒からの視線が痛くなり始めたので、失礼だと分かっていても、フェールに向こうに行くように叫んでしまった。

「分かった。行く前に2人に確認したいんだけどさ」

「何？」

私とレイニーが声を揃えて聞き返すと、フェールは意味の分からない質問をしてくる。

「昨日、珍しいことが起こったりしたか？」

「珍しいこと？」

私とレイニーは顔を見合わせた。

少し考えてみたけれど、特に何も思い出せない。それはレイニーも同じようだった。

「別に何もなかったわ。普段通りの日だったわよ。マリアベル、あなたは？」

「私も、そうだったわ」

「そっか。それなら良かった。ほんと、ありがとな！」

フェールは安堵したように小さく息を吐くと、私達から離れていった。それと同時に、冷たい視線も感じなくなった。

「何が言いたかったのかしら」

「分からないけれど、昨日って本当に何もなかったわよね？」

レイニーも気になるのか、再度同じことを聞いてくるので、首を傾げて答える。

「何かあったような気もするんだけれど、今は何も思い出せないのよね」

「マリアベルもそうなの？　実は私もそうなのよ。さっき、フェールが額に指を当ててきてから何か変なのよね。私達に何か魔法でもかけたのかしら」

「忘却魔法ってこと？　でも、忘却魔法は高度な魔法だし、普通の人間は使えないはずよ」

「なら違うわね。まあいいわ。忘れているってことは、忘れても大丈夫なことなんでしょ」

レイニーがそう言って笑ったところで、始業前のチャイムが鳴った。

彼女が自分の席に戻っていく姿を見送りながら思う。

もし、本当に忘却魔法がかけられているなら、私は何を忘れたのかしら。そして、フェールは私達に何を知られたくなかったの？

ふと視線を感じて斜め後ろを振り返ると、フェールと目が合った。フェールが笑いかけてきたので軽く手を振ると、フェールの隣の席の女子が殺気立った顔で睨んできたので、私は慌てて前を向いた。

あとがき

はじめまして、風見ゆうみです。

この度は「幸せに暮らしてますので放っておいてください！」をお買い上げいただきありがとうございます。

アルファポリス様内での連載がメインでしたので、こうやって書籍化できることになったのは、本作品を見つけて読んでくださり、応援してくださった皆様のおかげです。本当にありがとうございます。

読者様に言われて気がついたのですが、私が書く作品は動物が出ているものが多く、マリアベルを猫にしたのも話の展開上であるとはいえ無意識でした。

ライリーの子供バージョンもとても楽しく書けましたし、現在、小説家になろう様で連載を続けているｗｅｂのほうで、マリアベルの猫バージョンも含め書いていくつもりでおりますので、そちらのほうも読んでいただけますと嬉しいです。

書き下ろし番外編につきましては「ソニア視点」になっています。

本編のほうではちらっと見え隠れしているソニアの気持ちをメインにしておりますが、テーマとしては「仲間」になっております。

それはそれとして、この2人がどうなるのかもweb版で見届けてもらえますと幸せです。

打診をいただいた時は詐欺かなと思って、ネットを調べに調べましたが、そんな詐欺DMが来たというコメントなども見当たらなかったので返信しましたが、お話が進んでいっても、しばらくは疑っていたくらいの驚きでした。

こうやって書籍化できましたのは、編集者様に目がとまるまでに、アルファポリス様のランキングにいれてくださり、webで応援してくださった読者の皆様。この作品を見つけてくださったツギクルブックスの編集者様。大まかなキャラ設定から素晴らしいイラストを描いてくださったCONACO様。直接やり取りするなど関わることはできておりませんが、この本を作り上げる際に携わってくださった皆様。この本を手にとってくださった皆様に心より感謝申し上げます。

この作品に出会っていただき、本当にありがとうございました。

引き続き、私なりになりますが頑張って書いてまいりますので、応援していただけますと幸せです。

またどこかで、お会いできますことを心より願っております。

辺境の地でのんびりする予定が、なぜか次期辺境伯につかまりました！

激務な領地経営はもうごめんです！

コミカライズ企画も進行中！

両親の死で子爵家最後の跡取りとして残された1人娘のサーシャ＝サルヴェニア。しかし、子爵代理の叔父はサーシャに仕事を丸投げし、家令もそれを容認する始末。
ここは、交通の便がよく鉱山もあり栄えている領地だったが、領民の気性が荒く統治者にとっては難所だった。
そのためサーシャは、毎日のように領民に怒鳴られながら、馬車馬のように働く羽目に。
そんなへとへとに疲れ果てた18歳の誕生日の日、婚約者のウィリアムから統治について説教をされ、ついに心がポッキリ折れてしまった。サーシャは、全てを投げ捨て失踪するのだが……。

定価1,320円（本体1,200円＋税10%） 978-4-8156-2321-0

https://books.tugikuru.jp/

https://books.tugikuru.jp/

ちったい俺の
巻き込まれ
異世界生活
1〜5
著 ぬー
イラスト こよいみつき
2024年5月、
最新6巻発売予定！
異世界転生したら幼児になっちゃいました!?
コミカライズ企画進行中！
ちったい俺でも
異世界を楽しんでいい？
巻き込まれ事故で死亡したおっさんは、幼児ケータとして異世界に転生する。聖女と一緒に降臨したということで保護されることになるが、第三王子にかけられた呪いを解くなど、幼児ながらに次々とトラブルを解決していく。
みんなに可愛がられながらも異才を発揮するケータだが、ある日、驚きの正体が判明する──
ゆるゆると自由気ままな生活を満喫する幼児の異世界ファンタジーが、今はじまる！
定価1,320円（本体1,200円＋税10％） ISBN978-4-8156-1557-4

あなた方の元に戻るつもりはございません！

著：火野村志紀
イラスト：天城望

特別な力？　戻ってきてほしい？
ほっといてください！

私、義子をかわいがるのにいそがしいんです！

OL としてブラック企業で働いていた綾子は、家族からも恋人からも捨てられて過労死してしまう。
そして、気が付いたら生前プレイしていた乙女ゲームの世界に入り込んでいた。
しかしこの世界でも虐げられる日々を送っていたらしく、騎士団の料理番を務めていたアンゼリカは
冤罪で解雇させられる。さらに悪食伯爵と噂される男に嫁ぐことになり……。

ちょっと待った。伯爵の子供って攻略キャラの一人よね？
しかもこの家、ゲーム開始前に滅亡しちゃうの！？
素っ気ない旦那様はさておき、可愛い義子のために滅亡ルートを何とか回避しなくちゃ！

何やら私に甘くなり始めた旦那様に困惑していると、かつての恋人や家族から「戻って来い」と
言われ始め……。そんなのお断りです！

定価1,320円（本体1,200円＋税10%）　978-4-8156-2345-6

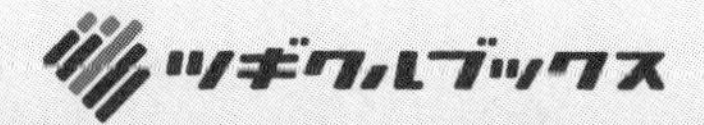

https://books.tugikuru.jp/

婚約者である第一王子セオドアから、婚約解消を告げられた公爵令嬢のシャルロッテ。
自分の感情が天候に影響を与えてしまうという特殊能力を持っていたため、常に感情を抑えて生きてきたのだが、それがセオドアには気に入らなかったようだ。
シャルロッテは泣くことも怒ることも我慢をし続けてきたが、もう我慢できそうにないと、不毛の大地へ嫁ぎたいと願う。
そんなシャルロッテが新たに婚約をしたのは、魔物が跋扈する不毛の大地にあるシュルトン王国の国王だった……。

定価1,320円（本体1,200円＋税10%） 978-4-8156-2307-4

本書は、「小説家になろう」（https://syosetu.com/）に掲載された作品を加筆・改稿のうえ書籍化したものです。

幸せに暮らしてますので放っておいてください！

2024年1月25日　初版第1刷発行

著者　風見ゆうみ

発行人　宇草 亮
発行所　ツギクル株式会社
〒105-0001　東京都港区虎ノ門2-2-1　住友不動産虎ノ門タワー
TEL 03-5549-1184
発売元　SBクリエイティブ株式会社
〒105-0001　東京都港区虎ノ門2-2-1　住友不動産虎ノ門タワー
TEL 03-5549-1201

イラスト　CONACO
装丁　株式会社エストール

印刷･製本　中央精版印刷株式会社

ISBN978-4-8156-2370-8
Printed in Japan